笑わない科学者と
時詠みの魔法使い

何かを証明したいわけじゃない。
ただ知りたいだけなんだ
耕介は私のことを誰よりわかっています
科学者
大倉耕介
魔法使い
咲耶

ま、信頼してるわよう、耕介くん
どうだ耕介！
これが探偵のチカラだっ！
探偵
須崎源太郎
女子大生
野々村あすみ

「さあ……実験の時間です」
崩れない笑顔と、崩せない無表情が競り合うように対峙していた。
【第三章　謀図の収束】

笑わない科学者と
時詠みの魔法使い

内堀優一

HJ文庫
232

口絵・本文イラスト　百円ライター

目次

プロローグ

ああ、これは夢の中だ。

咲耶《さくや》は果てのない四方の闇《やみ》に目を凝《こ》らしながら、そう思った。恐怖《きょうふ》を覚える夜の闇ではない。ここは世界を隔《へだ》てる場所に最も近いところなのだと解《わか》って、咲耶はその暗闇《くらやみ》に安心感を抱《いだ》く。

三年間過ごしてきた場所にここは近い。お師匠《ししょう》様がいるかもしれない。お父様やお母様がいるかもしれない。

耳を澄《す》ませる。

「迎《むか》えに来たよ」

知っている声だった。幾度《いくど》も夢の中に現れる声だった。幼かった頃《ころ》から夢の中では彼女《かのじょ》は咲耶の唯一《ゆいいつ》の友達《ともだち》だった。静かで優《やさ》しい声。

「磐長《いわなが》？」

聞き返して振《ふ》り向《む》こうとすると、その前に彼女の腕《うで》が後ろから優しく咲耶の肩《かた》を包《つつ》み込んで抱きしめる。

「行こう」

彼女は咲耶の耳元で囁《ささや》くように語りかける。しかし咲耶は返答できない。彼女と行くのが嫌《いや》なのではない。両親と師匠の顔が浮《う》かんで、どうしても返答できないのだ。

だから咲耶は磐長に問う。

「ねえ、どうして？」

「なに？」

「どうして、お父様もお母様もお師匠様も、私を逃《に》がそうとしたの？　どうして磐長から引《ひ》き離《はな》そうとしたの？　どうして、みんな私のために犠牲《ぎせい》になってしまったの？」

思い出は感情を刺激《しげき》し、咲耶の瞳《ひとみ》からぽろぽろと涙《なみだ》が零《こぼ》れおちる。

「ねえ磐長。私はどうしていいのかわからないんです。教えてください。私は磐長と行くべきなのですか？　それとも……」

咲耶に磐長の顔は見えない。ただ彼女は咲耶の背を強く抱きしめながらそっと呟《つぶや》く。

「……もしかしたら、あなたが最後の木花乃咲耶媛《このはなのさくやひめ》かもしれない。父様の言っていた、最後の咲耶かもしれない……でも……今はあなたを時詠《ときよ》みの下に、隔界《かくかい》の先へと誘《いざな》わなければならない」

磐長と呼ばれた少女は咲耶を深い闇の向こうへと引き込もうとする。

咲耶の視界は涙でぼやけ、闇の果ては音もなく彼女を包み込んでいく。そこから逃《のが》れようと思わず手を伸《の》ばす。その時、咲耶の手を誰《だれ》かが握《にぎ》る。温かい大きな手が優しく、強く咲耶の手を握っている。

咲耶はその手が一体誰の手であるのか、思い当たらない。

その手の温《ぬく》もりに導かれ、咲耶を包む闇は溶《と》け、隔《へだ》てられた世界から彼女を引き上げるようにゆっくりと夢は終わりを告げていく。

現《うつつ》の床《とこ》の中で目覚めた咲耶は身体を起こす。まだ手の中に残っている温もりに目を見張り、大きく呼吸をした。

第一章　学士の法則

「と、そういうわけなんです」

　話し終えると大倉耕介《おおくらこうすけ》は紙パックに入ったウーロン茶をグラスに注ぎ、口の中の渇《かわ》きを潤《うるお》す。しかし、目の前にいる須崎《すざき》は、どこまで理解しているのか、ぽかんと口を開けて、空になったビールの缶《かん》を握りつぶす。

「で、それからどうしたんだ？」

　それから？

　耕介はこめかみに人差し指をあてて少し考えてから、

「ですから、了解《りようかい》したから今ここに住んでるんじゃないですか」

　と疲《つか》れたように言ったが、その表情に『うんざり』だとか『困惑《こんわく》』だとかといった色は浮かんでいない。終始無表情。耕介は感情の機微《きび》を一切《いつさい》表に出《だ》さない。いや、出せない。

　しかしそれは大倉耕介が他人に無関心だからではなく、感情を持ち合わせないロボットのような人間だからでもなく、須崎のことが嫌《きら》いだからでもなかった。

感情は彼《かれ》の中にしっかりとあり、面白《おもしろ》いとも感じるし、つまらないとも感じる。焦《あせ》ることもあれば、困ることもあるし、泣きたくなる時だってある。しかし、それらの感情が顔に出ることはない。

ある時期を境に耕介の感情表現はピタリとストップしてしまった。本人は大いに困っていたし、それ故《ゆえ》損をすることだってあった。だが今はその事実をそれほど気にはしていない。

気にしても仕方ない。動かないんだから。

と割り切って考えている。悲観に囚《とら》われず、動かないなら他の方法でコミュニケーションをとるように努力するしかないと前向きに考えられる楽観性も持ち合わせていた。

だから今もただ無表情にウーロン茶を嘗《な》めながらも広いリビングに目をやり、須崎にここに住むに至った経緯《けいい》を、中学生にわかるくらいの難易度で説明していた。

須崎は「なるほど」と興味のなさそうな顔をして、新しいビールのプルトップに手を掛《か》ける。ポシュッと小気味のいい音をさせると、質問したことすら忘れたように本日八本目を流し込む。

「んで？　その……教授の言う条件ってのはなんだっけ？」

「それもさっき話したじゃないですか」

「…………」

聞く気があるのか全くわからない須崎の顔を見て、耕介はため息をつく。順を追ってもう一度話さなければならないだろうと耕介は観念し、今していた話……一介《いっかい》の貧乏《びんぼう》学生である耕介が何故《なにゆえ》にこのような高級マンションに住むことになったかを話していく。

大倉耕介は年度末の迫る二月、大変重要な岐路《きろ》に立たされていた。

アパート契約《けいやく》の更新《こうしん》。

大学に入って以来、研究室に閉じこもった生活が続き完全に失念していたと言うしかあるまい。気がついたらあっと言う間に二年の月日が経《た》ち、何ごともなく進級と思っていた矢先に不動産屋から電話があった。

「アパートの更新料《こうしんりょう》、二ヶ月《かげつ》分ね。それから火災保険があるからね。とりあえず値段聞いとく？　十一万七千六百円ね。三月中にはよろしく」

一言も耕介に口を挟《はさ》ませず電話は一方的に話され、切られた。しばらく動けずにいた耕介は、気を取り直し貯金通帳を引っ張り出す。

一応、折りを見てはバイトをしていたものの安定して入ってくるわけでもない。とてもじゃないが通帳のお金を切り崩《き》《くず》したら生活はままならない。

実家の父に相談するべきか、と考えるが耕介には年の離れた弟がいて、今年から中学へ入学する。お金が色々と入用な時期であることは確かだし、何より実家は自営業。しかもスーパーマーケットと価格競争で奮闘《ふんとう》する商店街の八百屋だ。決して余裕《よゆう》だなんてお世辞にも言えない。今大学にこうしていられるのだって奨学金《しょうがくきん》をもらってやっとなのである。

耕介は考えた。

自分はいずれ大学を卒業し実家に帰ることになる。実家に帰ったら、商店街の八百屋を継《つ》ごうと考えている。八百屋に納まろうとしている自分が、何故《なぜ》そこまでして物理学を学ぶ必要があるのだろうか。無理をせずに高校を出たらすぐにそのまま父と二人三脚《ににんさんきゃく》で商店街を盛り上げていったらよかったじゃないか。

そんな思いに駆《か》られながらも、耕介が大学を選択《せんたく》したのには父の言葉が大きく関《かか》わっていた。

「母ちゃんがなあ、これがめっぽう頭良くってな。物理学やってたんだって聞いたけど、おれにゃ、さっぱりだったね」

母の話だった。耕介が生まれるよりも前の話。

どうして物理学の母と八百屋の父が出会ったのか耕介は聞いていない。

「耕介、お前は母ちゃんの話をずっと聞いてて理解していたんだ。興味があるなら大学に行って勉強してみてもいいんだぜ」

その言葉が決定打だった。兼《か》ねてから母の話を聞いて育っていた耕介は自分なりに本を読み勉強し、母の言う物理の世界に埋没《まいぼつ》していった。やりたい仕事は八百屋。でも物理のことは知りたい。父と母の姿がそのまま彼の将来をあやふやにしていった。

しかしどんなに物理学を学びたいと思っていても、もうどうやら金銭という現実が選択《せんたく》肢《し》の片方を削除《さくじょ》していた。

卒業証書が欲《ほ》しくて大学に入ったわけではないのだから、こういう状況《じょうきょう》が訪《おとず》れたら迷わずやめて実家に戻《もど》ろうと最初から決めていたのだ。

月が明けて三月の最初の金曜日、耕介は退学届けを片手に担当の沖島《おきしま》教授の元を訪れた。耕介の学部の担当教員であり、なにより耕介にとっては最も好きな授業を受け持つのが沖島教授であった。彼の授業は物理学であるにもかかわらず、なにか郷愁《きょうしゅう》を掻《か》きたてるものがある。耕介にはその正体がつかめないながらも、聞きごこちのよいその講義に耳を傾けていた二年間であった。

初老の教授は、耕介の退学届けを見て「ほう」と一言いうとそのまま受け取る。耕介の大学生活が終わった瞬間《しゅんかん》だった。思っていたよりもあっさりと事が進み、耕介自身それを「こんなものか」と受け止めていた。が、しかしである……。

「えーとね、大倉君。それでだね、ちょっと頼《たの》みたいことがあるんだけどね」

沖島教授は退学届けをどのように思ったか、いきなり使い走りを言い出したかのように平静な様子で話す。

「あの、僕《ぼく》は……」

「うん、頼みたいことってのはね、ちょっとしたお客さんの接待なんだけどね」

この沖島教授のマイペースぶりは今に始まったことではない。それでも退学届けを出した矢先のことだ。

「四月の中旬《ちゅうじゅん》に来る予定だから。君に任せていいかな？」

退学届けに対してはノータッチ。

「すいません、四月には僕は実家にいると思うんですけど」

「え？　なんで？」

なんで、って……。

「アパートの契約が更新できなくなってしまいまして……」

「うん、だから好都合じゃない」

契約更新《けいやくこうしん》できなくてアパートを追い出されることの何が好都合なのか。そんな耕介の心中など気にするそぶりもみせず沖島は続ける。

「ほら、これね。このマンション。住み込みでアルバイト代も出ますから。家賃もただ。

その代わり、お客さんには粗相《そそう》のないよう、よろしくお願いします」

沖島教授は知っていたのだ。

この二年間、研究で閉じこもりっぱなしの結果、経済的窮地《きゅうち》に追いやられている耕介の事情を。

実家の問題、経済的窮地を知った上でこの条件のアルバイトを持ってきた。最初から退学届けなんて受理する気はなかったということだ。

「……あの、ちなみにそのお客さんというのはどういう？」

「うーん、まあ、一言でいうなら魔法使《まほうつか》いですかね」

耕介は思わず言葉を失った。物理学の権威《けんい》である沖島教授の口から信じられない言葉が飛び出したような気がしたからだ。

いや、気のせいではない。間違《まちが》いなく彼は今、魔法使いと言った。しかしそんな耕介の困惑などまるで関係ないかのように、沖島教授はこれでおしまいと教授室から追い出す。

呆気《あっけ》にとられて立《た》ち尽《つ》くしていた耕介に、沖島教授はドアを再び開けて

「あ、これ資料。読んどいて」

とマンションのパンフレット、契約書《けいやくしょ》、そして何やら古めかしい本をまとめて耕介に押し付けると、そのままドアを閉じた。

契約が切れる三月中に耕介は沖島が用意したマンションに引っ越《こ》すことになった。玄関《げんかん》を入って左手にトイレがあり、その隣《となり》は浴室。真《ま》っ直《す》ぐ進むと十二畳《じょう》の広いリビングがあり、吹《ふ》き抜《ぬ》けの天井《てんじょう》に目をやると梯子《はしご》段《だん》がロフトに向かって伸びている。右手には主婦の誰もが羨《うらや》むテレビCMに出てきそうなシステムキッチン。目の前の花柄《はながら》のカーテンを開けると、ベランダからは東京の景色が一望できる。ロフトの下には扉《とびら》が二つ。片方を開けるとこれまた十二畳程《じょうほど》の広い寝室《しんしつ》に大きなベッド。もう片方はどうやら書斎《しょさい》らしく、まだ何も入っていない本棚《ほんだな》が壁《かべ》一面に配置され、真ん中にも通路を形成するように大きな本棚が鎮座《ちんざ》していた。

今須崎が腰掛《こしか》けるソファが置いてあるのはリビングである。耕介は須崎の対面に座布団《ざぶとん》を敷《し》いてウーロン茶を啜《すす》っているわけだ。

……といった内容を耕介は言葉を吟味《ぎんみ》して、今度は小学生にもわかるくらいの難易度でゆっくり説明してやった。

この話題を最初に振ってきた須崎はぼんやりとそれを聞いている。興味がないのだろう。しかしこの須崎という男は興味のあることには俄然《がぜん》目を輝《かがや》かせ、腹が立つと怒涛《どとう》の憤慨《ふんがい》をし、ちょっとでも面白いと場所をわきまえず大笑いをする。耕介よりも年上であるにもかかわらず、小学生並みの感性と反応でだいぶ周りに迷惑《めいわく》をかけている。

そんなはた迷惑な男が世をズルズルと渡《わた》っていけるわけがない。しかし神は大いなる悪戯《いたずら》をした。こんなどうしようもない男に最高の容姿を与《あた》えてしまったのだ。187センチの身長の半分を占《し》めるのはスラリと伸びた彼の足であり、須崎がほほ笑《え》むと、老人も幼稚園《ようちえん》児も胸をときめかせ頬《ほお》を染める。

ただ彼が口を開いた途端《とたん》に全員裸足《はだし》で逃げ出していく。神がやりすぎた悪戯に責任を感じた結果なのだろうか、と考えざるを得ない。

須崎はその容姿のこともあってか、または職業柄《しょくぎょうがら》なのか、やたらと交友関係は広い。耕介自身まったく把握《はあく》しきれない程《ほど》の情報網《じょうほうもう》を持っている。にもかかわらず、耕介の家でこうしてくだを巻いているのは何故だろうと耕介は思う。

そういう意味では今日の須崎はいつもに比べるとだいぶ大人しいことに耕介は気がつく。聞き終えた須崎は十二本目のビールを口に運びながら、ポケットからジッポーライターを取り出し分解してオイルを継ぎ足《た》しながら言う。

「んで、そのお客さんはいつ来るんだ？」

「明日の昼に会う予定です」

「どんなやつ？」

耕介はどう話すか一瞬躊躇《いっしゅんちゅうちょ》したが結局正直に言うことにした。

「魔法使いです」

「マジでっ⁉　マジでガンダルフ来るのっ？」

そこで食い付くのか……。

「ガンダルフではないと思いますが、そういうことらしいですよ」

「うおぉぉぉ、すげぇ！　ガンダルフかあ……」

有名幻想《げんそう》小説のキャラクター名を連呼しながら興奮冷めやらぬ様子で須崎は耕介に問いかける。

「不安とかないのか？」

「不安ですよ」

「全然不安そうじゃねえじゃん」

「表現の乏《とぼ》しさは考慮《こうりょ》してもらいたいですね」

考慮してどうなるほどのものではないゼロの無表情で耕介は反論するが、須崎がそれを意に介《かい》してくれるわけもない。ただそれでも須崎はそんな表現に乏しい耕介を信頼《しんらい》し、事あるごとに顔を出してくれる大人な面を持つ男なのだ。

「でも例えばよ、ガンダルフがさ……」

声を潜《ひそ》めた須崎が急に真顔になる。

「コレ……とか？」

コレ、にアクセントを置いて右手の甲《こう》を左頬に当てる。

耕介は頭の中で、大人な面を持つ男、という評価を撤回《てっかい》する。

「なんでそうなるんですか？」

「いや、ありうるだろう。耕介は意外と可愛《かわい》い顔してるし。そっちの人にはかなり人気が出ると思うぞ。ぬふふ」

そっちをまた強調してへらへらと笑う。要するにおちょくってるのだ。

「気持ち悪いこと言わないでほしいですね」

げんなりしてウーロン茶を飲み下すが、思わず咳《せ》き込む。

「怒《おこ》ったのか？」

「別に怒ってはいません」

「耕介は表情かわんねぇから怒ってんだかどうだかわかんねえな」

耕介とは対極の百面相でゲラゲラ笑う須崎。

「まあ、あれだな。もしそっちに目覚めたら、その時はいい店紹介してやろう！」

「しなくていいですし、目覚めもしません」

はいはい、と言いながら須崎は十三本目を開けて口に含《ふく》む。

こんなどうしようもない年上の須崎は、何気に探偵《たんてい》という肩書《かたがき》を持っている。

耕介より四つ年上で、以前とある事件に巻き込まれたことがきっかけで仲良くなってしまい、それからというもの須崎が一方的に突然押《とつぜんお》しかけてくる。年齢差《ねんれいさ》も厭《いと》わず耕介が須崎と呼び捨てにするのは本人のたっての希望らしく、「お前を俺《おれ》の朋輩《ほうばい》にしてやっからよ、呼び捨てでいいぜ。むしろそうしろ」と、やはり一方的に決められて以来、耕介もそれに従い呼び捨てにしながら、話し方は敬語という不思議なスタンスの付き合いが続いている。

そんな探偵の須崎だが、ここのところまともな仕事がないらしい。そのしわ寄せが耕介の家でくだを巻くという結果になるのだ。

「そんなに仕事がないんですか？」

「仕事ならある！　今日だって隣のラーメン屋の手伝いとか、空《あ》き缶拾いとか、ガチャポンのフィギュアの袋詰《ふくろづ》めとかで一日中働いてくたくたなんだ！」

どれも探偵の仕事ではない。

「くたくたなのに何でうちに来てるんですか？」

「それは……あれだ。調査だ」

「何のですか？」

「顔面硬直《こうちょく》男が性犯罪に手を染めていないか巡回《じゅんかい》に来たんだ。探偵だからな！」

「へんな言いがかりはやめてください。それに犯罪者の検挙は警察の領分です」

ぐう、と言って観念したのかそのまま須崎は寝《ね》てしまった。

仕方なく気を紛《まぎ》らわすように、先日沖島教授から手渡《てわた》された古めかしい本を開いてみる。

表紙には『魔術《まじゅつ》研究・総論　上』と書かれている。

内容は幻想小説の中に出てくるフィクションのような単語と、説明である。なぜ沖島教授がこんな本を自分に手渡したのかと考える。やはり明日ここにやって来るという『魔法使い』のための予備知識としてだろうか？

耕介は内容の真偽《しんぎ》はともかく、理解はせねばならないと文字に目を走らせた。

午前の実験の授業は簡易な装置を組み立てるだけのはずだったのに、どういうわけか終《しゅう》了《りょう》の鐘《かね》が鳴っても終わる気配がなく、やっと終わってみれば沖島教授との約束の時間ギリギリ。白衣も脱《ぬ》がずに飛び出してきたものの現状二分の遅《ち》刻《こく》が確定されていた。学内のカフェテラスに着くとちょうど沖島が時計に目をやっているところだった。

「やあ、遅《おそ》かったね」

沖島はアイスオーレにガムシロップを入れながら顔を綻《ほころ》ばせる。

「すみませんでした」

「一分四十五秒、珍《めずら》しいことだね。君が遅《おく》れてくるのは」

そういう沖島には遅刻を非難する態度は見受けられず、面白がっているようにすら見える。そんな沖島とは対照的に自分に非難の目を向ける視線に耕介は気づく。

沖島の隣に座《すわ》る少女だった。

彼女《かのじょ》が不機嫌《ふきげん》であることは一目瞭然《いちもくりょうぜん》。やってきた耕介に目を合わせようともせず、口元をギュッと結んでいる。耕介が少女に目を向けるとプイッと視線を逸《そ》らしテーブルの上にあるミルクティを注視する。

耕介はピクリとも動こうとしない表情のまま、内心どぎまぎした。

その不機嫌な態度を差し引いてもその少女は愛らしく清楚《せいそ》だった。東洋系の幼い雰囲気《ふんいき》と西洋系の白い肌《はだ》。

年《とし》の頃《ころ》で言えば中学生か下手したら小学生。整った顔立ち……と表現するには少々言葉不足である。間違いなく十人が十人首を縦に振《ふ》るような美少女である。あと十年もしたらきっと世の男達《たち》が放っておくことはないだろう。怒っている顔ですら可愛らしく、怒られている気になれないだろう。そっぽを向いたまま口を開こうとしない彼女の代わりに沖島が口を開く。

「咲耶《さくや》君です」

咲耶と呼ばれた少女は一応礼儀《れいぎ》として軽く頭を下げる。もちろん不機嫌そうな顔のまま。続いて沖島は少女に向かい

「大倉耕介君です」

とこちらのことを紹介《しょうかい》するが、彼女は僅《わず》かに横目で盗《ぬす》み見てすぐに視線を逸らし、ため息をつく。はてさてそのため息は大倉耕介という平凡《へいぼん》な名前に興味はないということか、それともそんな名前など聞きたくもないということか。

なんと言うべきか耕介が迷っていると、彼女は長い髪《かみ》を大きく振って、黒く澄《す》んだ瞳《ひとみ》をキッと向ける。

その目が自分の無愛想さを非難していることに耕介は察しがつく。言い訳のしようもない。

他者から見れば、自分は全《すべ》てのことに興味のない無感情な人間に見えてしまう。彼女が愛想笑《あいそわら》いもない自分に新たな怒《いか》りを内側に滾《たぎ》らせていることは手に取るようにわかる。

沖島は間を取り持つように少女に話を振る。

「どうかな？」

咲耶と呼ばれた少女は、開けた口を結びなおすと、再び不機嫌な表情を顕《あら》わにする。

「正直不安です。喩《たと》えお師匠《ししょう》様が沖島教授を信頼していると言っても私にはまだ信じられ

ません」

彼女は耕介を一瞥《いちべつ》すると沖島教授に向き直り続ける。

「物理学と精霊学《せいれいがく》は全くもってその理が真逆じゃないですか。なんで物理学の学生なんでしょうか?」

咲耶はもっともな質問をしたはずだ、と言うように胸を張り耕介の顔を盗み見る。しかし少しも反応していない耕介に咲耶は戸惑いを浮《う》かべている。

「そうだね、丸と三角くらい違《ちが》うね」

沖島の妙《みょう》な比喩《ひゆ》表現の返答を聞いて、また咲耶は噛《か》み付《つ》くように反論を返す。

「私にはこの人が魔法《まほう》をどれほど理解しているか、それが不安なんです」

「なるほど、もっともだ。大倉君、私の貸した本は読んだかな?」

「はい」

沖島に手渡されてから耕介はそれを何度も読み返していた。決して難解な内容というわけではない。しかし一般的《いっぱんてき》な物理学部の人間が本気で読む種類の本ではなかった。

「大変興味深い内容でした」

「魔法については?」

「結論は出ていませんが幾何学的《きかがくてき》な内容だと考えました。もちろん幾何学《きかがく》で全てを内包できる内容ではありませんが。対比すると考えるなら物理学は積分学《せきぶんがく》に近いんじゃないでしょうか？　ただこれもやはり印象に過ぎません。回答は出ません。ただ、沖島教授のおっしゃるとおり、丸と三角の違いが一番適した言い方に思います。あの書籍《しょせき》に書かれている魔法という概念《がいねん》は物理学に即《そく》したことであり、ポアンカレ予想の考え方を応用すると、物理も魔法も同じものという考え方ができるように思います」

どうも沖島教授と話していると、耕介にも変な比喩を使う癖《くせ》がうつってしまうようで、咲耶を取り残した話し合いになってしまう。

すかさず彼女も食《く》らいつくように

「解《わか》るように言ってもらわないと困ります」

と間に入ってきた。これは怒るのも仕方がない、と耕介は内心反省するが、対外的には反省の色ゼロにしか見えない。随分《ずいぶん》損な顔をしてしまったものだ、と心の中でため息をつきながら咲耶に向き直る。

「どちらも同じものってことだよ」

それを聞いていた沖島教授は顎鬚《あごひげ》をなでながら説明を加える。

「どっちも現象に導かれた結果は同じなのですよ」

なんだか不思議な言い回しをする。しかしあの沖島教授から借りた本の解釈《かいしゃく》はたぶんその言葉に帰結すると考えていいのだろうな、とも思う。

咲耶はしばし考えを巡《めぐ》らすように視線を泳がせ
「で、でもですね!」

ここで反論の手段を変えてきた。

「沖島教授、この人で本当に大丈夫《だいじょうぶ》なのでしょうか?」

「ん? 大丈夫《だいじょうぶ》、大丈夫。彼《かれ》しっかり者だから」

沖島は大きく鬚を縦にたなびかせる。沖島は楽天的に努めてあっけらかんと言うが、咲耶はそれに反比例して顔を俯《うつむ》かせ不安を顕《あら》わにする。

今までの好戦的な態度と打って変わって消沈《しょうちん》している彼女を見て、耕介は咲耶のその不安が自分に対して向けられたものではないことはすぐにわかったが、しかしそれがなんであるのかまでは解らない。まだ自分が知らされていない事実があるのだろう。

沖島が鬚に覆《おお》われた顔を少し崩した。

「不安なのもわかる。先日のこと、三年前のこともある。誰《だれ》かを信じるのは辛《つら》いでしょう。しかし今は結界を張ったあの地域に移り住むことが一番安全なのです」

——先日のこと? 三年前? 結界?

耕介の中で疑問が膨《ふく》らむ。が、答えに達することはない。また自分が今それを問うべきでないことにも察しがつく。

咲耶は膝《ひざ》の上に置かれた拳《こぶし》を握《にぎ》り締《し》め
「だったら人を替《か》えてください。もっと柔軟《じゅうなん》な感性を持った人。そうでなければ私無理です！」

と沖島教授に詰《つ》め寄《よ》る。しかし教授は眉《まゆ》一つ動かさずにリラックスしたまま悠々《ゆうゆう》とアイスオーレを口に運ぶ。

「大倉君はどの生徒より柔軟な感性を持っているよ」

あまりの堂々とした態度に咲耶の方が少し後ずさる。そんなことすら意に介さず沖島教授は続ける。

「大倉君はね、わからないことはわからないと言う。他の生徒たちはこんな簡単なことがわからないのは恥《は》ずかしいと思って質問しなかったりするものでも、わからない時にはちゃんとわからないと言える。歳《とし》を取るとね、無知であることを恥ずかしく思うようになるんだよ。だからみんな恥ずかしがって質問をしないんだなあ。殊《こと》大学生はプライドが高くなっていけない。こんな国立の名門大学になると余計にね。彼は君から多くを学ぶことになる。君も彼から多くを学ぶことになる。よろしいかな？」

沖島教授の言葉に咲耶は不安そうな顔を湛《たた》えたまま何も言い返さず俯《うつむ》く。

「まあまあ。若い男女が一つ屋根の下で暮らすのですから、間違いはないようにお願いしますね」

「ええ!?」

咲耶の声がカフェテラスに響《ひび》き渡る。耕介はこめかみに人差し指を当てていた。これが耕介の困ったり考えごとをしたりする時の態度だと咲耶が気づくのはもう少し後のことだ。

夕方。耕介がマンションまで案内して室内の説明をしていると、引越《ひっこ》し業者がやってきて咲耶の荷物が入ったダンボールを三つ置いていった。これくらいの歳の女の子はそれほど物欲がないものだろうか、と耕介は考察するが、すぐに頭《かぶり》をふり、それは人それぞれだろう、と考えなおす。

そんな耕介を見ながら彼女はこれ見よがしにため息を吐《つ》く。

解らないでもない。自分のような無表情な人間と一緒《いっしょ》にいたら、何を考えているのかわからず、苛立《いらだ》ちもするだろう。悲観的な気持ちで耕介がそう思っているのではない。申し訳なく思っているだけなのだ。

咲耶はそんな耕介から顔を背《そむ》け

「耕介、梱包《こんぽう》を開けてください」

と命令口調で言うとソファに腰掛ける。上下関係をはっきりさせたいのだな、と耕介は思ったが、申し訳ない気持ちもあってか素直《すなお》に従い梱包を開く。

「咲耶さん」

「咲耶でいいです」

「じゃあ……咲耶」

と言ったきり耕介は次の言葉が出てこなかった。何ごとかとこちらの様子を見た咲耶の顔はぐんぐん赤みを帯びていく。なにしろ開けた梱包からは彼女の下着が覗《のぞ》いているのだ。

「あ……こ……こ、この箱は私がやります！」

丁寧《ていねい》な言葉とは対照的に噛み付くように梱包を奪《うば》い取《と》る。耕介はしかたなく他の梱包を解《と》き、中から出てきた衣類を取り出《だ》してはクローゼットの中に仕舞《しま》っていく。咲耶はこっそりと先ほど奪い取った梱包を開けて箪笥《たんす》の中に下着を仕舞っていく。結果、耕介と咲耶は一緒に梱包を開けて片付けるという共同作業の構図になっていた。

耕介は考える。

——この娘《こ》は一体何を恐《おそ》れて虚勢《きょせい》を張り、気張っているのだろうか。

心を偽《いつわ》ろうとし、なれない命令口調を使っていることが耕介には気がかりだった。誰にだって心を偽ることはある。お世辞を言う時もあれば、面白《おもしろ》くなくても笑ってやるのが人間だ。そうしてコミュニケーションを取っていくものだ。なんでも正直に言っていたら社会なんて成り立たない。

でも咲耶のそれは明らかに違っていた。

――咲耶は何かを恐れている。なんだろう、何を彼女は恐れているのだろう。

「咲耶」

彼女はビクッとして振り向《む》く。

「何ですか？」

「咲耶が魔法使いであるということは理解している。でも魔法を僕《ぼく》は見たことがない」

「……信じられないでしょう」

耕介は黙《だま》り、こめかみに指を当ててからすぐにその指を離《はな》す。

「電車を見たことのない者は、その存在を信じない。でも実際に電車を見てそれに乗ったら、その人間は電車を認識《にんしき》できる。僕は魔法が見てみたい」

咲耶は今日、生まれて初めて電車に乗って驚《おどろ》きを顕わにしていた。車窓の外を眺《なが》めて口を開けていた。

「確かに電車なんて乗り物の存在を想像したこともありませんでした」

「僕も魔法の存在は幻想小説の中くらいでしか知らない。見たことがないんだ」

「見なければ信じられませんか？」

「知らないことを知りたい」

「……知りたい……？」

咲耶は驚いたように耕介の顔を見つめる。耕介の中にあるのは信じるとか信じないとかそういうことではないのだ。耕介にとって自分の通う物理学部すら例外ではない。唯物論《ゆいぶつろん》の正しさを肯定《こうてぃ》するための研究など一度もしたことがなかった。耕介にとって知らないことをただ知る、それだけが彼が今大学に行く理由であり、そこに魔法という不可思議なものの存在が入り込んできたとしても、否定する理由は一つもなかった。唯物論が崩《くず》れてしまうのなら、別にそれでも構わないのだ。

「わかりました。そこの梱包から植木鉢《うえきばち》を出してください」

耕介は言われた通りに咲耶が指差す梱包の封《ふう》を開けると、中からは何も植わっていない鉢《はち》が出てくる。

「どっちにしてもこの部屋整理しなきゃいけなかったですし、ついでですが見ていてください」

咲耶は掌《てのひら》を差し出す。

耕介のような普通《ふつう》の人間には咲耶がただ手を開いているだけにしか見えない。しかしその時咲耶の掌には水の要素たちがゆっくりと集まってきていた。

（でれーい！）

（集合だぁ！）

もちろん耕介には水の要素が発する声も聞こえない。水の要素たちは顔から突《つ》き出《で》た二本足で駆《か》け回《まわ》り、円を描《えが》きながら咲耶の掌に集まっていく。

「この要素たちを束ねることで水の精霊に昇華《しょうか》させます」

と言われても耕介には残念ながらどれのことかさっぱりわからない。

「束ねるためにはある方法が必要です。物質のみで構成されたこの世界に、非物質の光を当てなければ水の要素だけで水そのものを操《あやつ》ることはできません」

咲耶はもう片方の手を握り指を二本突きたて真上の空間を切る。水の要素たちを視認《しにん》することのできない耕介にも、空間の切れ目は見えた。咲耶の真上の空間にカッターナイフで切り込みを入れたような裂《さ》け目《め》ができ、そこから柔《やわ》らかな光が漏《も》れ出す。

「非物質……隔界《かくかい》の光を浴びた水の要素は、溶《と》け合《あ》い精霊に昇華《しょうか》します」

そこには大人の顔ほどもある水の精霊が空中にフワフワと浮いている。水の要素と形は変わらず、不恰好《ぶかっこう》な頭に二本の足が突き出たひょうきんな姿をしている。しかし耕介の目に映るのは先ほどの空間の切れ目がゆっくりと閉じていく様子だけで、そのひょうきんな姿を見ることはやはりできない。

「水の要素と同じで、精霊も普通の人の目には見えません」

そう言われて耕介は若干《じゃっかん》残念な気持ちになる。できることなら見てみたかったのだ。

「そこに置いてください」

咲耶の指示に従い耕介は鉢植《はちう》えを窓際《まどぎわ》に置く。

「置いたよ」

耕介の置いた鉢植えに咲耶は歩み寄り、カーテンを開けベランダのガラス戸を開放する。

「おいで」

（でれーい！）

彼女がそう言うと咲耶の元に水の精霊がやってくる。

「水を」

精霊は言葉を認識し、咲耶の指の動きに合わせて水を精製する。ベランダの外から空気が流れ込み、咲耶の指先に滞留《たいりゅう》し密度を増して空間に水が湧《わ》き出る。耕介の目には空間から水が次々に現れて植木鉢に消えていくように見えていた。

次に咲耶は樹木の精霊を呼び出す。

「樹木の精霊は四人の別々の精霊を呼び出し、その共同作業によって植物を作り出します」

「四人？」

耕介の中で何かが引っかかった。

咲耶は再び空間に切れ目を入れる。

（よっそ）

（もっそ）

（えっそ）

（ほいな）

形の違う精霊たちが現れる。しつこいようだが耕介には依然《いぜん》何も見えていない。

「最初の精霊が水を吸い出す気管を拡張させ、次の精霊が芽吹《めぶ》かせ、更《さら》に別の精霊が成長させていきます」

咲耶が説明するとおり鉢植えの中から幾本《いくほん》もの双子葉《そうしよう》類が芽を吹《ふ》く。と思う間もなくその芽は爆発的《ばくはつてき》に成長していく。双子葉類は蔦《つた》となり絡《から》み合っては幹を形成する。あっという間に天井《てんじょう》まで成長したかと思うと部屋一杯《いっぱい》にその両腕《りょううで》を広げていく。

耕介はただその光景に言葉も出せずに目を見張っていた。ハイスピードカメラで見ているような成長速度だ。

「あまり驚いていないようですね」

咲耶は幾分拍子抜け《いくぶんひょうしぬ》したような顔で耕介を見つめる。

「驚いているよ。言葉にならないくらい」

「……そう？」

「この驚愕《きょうがく》の事実をどう表現したらいいかわからない」

耕介はその光景を注視するだけに留《とど》まることができなかった。一つだけ気になっていることがあったのだ。

――沖島教授に借りた本に書いてあることからすると、おそらくは……。

「えっ？」

咲耶が驚きの声を上げる。無理もない。耕介は二人に分裂《ぶんれつ》したのだから。

「なんで！」

耕介の肉体からゆっくりと精神だけが乖離《かいり》し始めていたのだ。

二つに分かれていく自分を感じながら、今どちらがこの思考をしているのだろう、と耕介は考える。脳が考えているのか、それとも精神というものが脳髄《のうずい》以外にも存在しているのだろうか？

その時だった。

（だめっ！　意識をしっかり持って！）

耕介の下に鼓膜《こまく》を通した声ではなく、精神に直接呼びかける声が聞こえた。それは目の前にいる咲耶の声だった。

その声が響いた途端《とたん》、耕介の身体と精神は一つに戻《もど》り、息を吹《ふ》き返《かえ》す。

「……戻った」

「何をしているんですか！　あなたは今、隔界に呑み込まれそうになっていたんです」

「カクカイ？　ああ、沖島教授の本に書いてあった非物質の……そうか」

「隔界の扉《とびら》が開いたままの状態になっている時に意識をあやふやにすると、その世界に魂《たましい》を食べられてしまうんです。わかりますか？」

耕介は納得《なっとく》し頷《うなず》きかける。

「すまない……もしかしたら水の精霊が見えるんじゃないかと思って」

「何を悠長《ゆうちょう》なことを……」

そこまで言った咲耶がハッとして耕介を見る。

「耕介……あなた意識的に精神を乖離させたんですか？」

何事もなかったように耕介は眉一つ動かさずに咲耶を見つめる。

「隔界という世界を使った精霊を使役《しえき》する術式には危険事項《じこう》が書かれていた。精神の動きを一瞬《いっしゅん》でも止めると、隔界に精神だけを持っていかれてしまう。間違《まちが》っていないね？」

咲耶は頷く。

「であれば咲耶が隔界の扉を開いている時に精神の動きを止めれば、隔界に吸い込まれる。ギリギリだったけど、思考だけは続けていたおかげで食われることはせずに済んだ」

「もしかして、あなたは精神を乖離させれば精霊が見えると……？」

耕介は咲耶に頷き返してやる。

「どうしても見たかったんだ。精霊というものの姿を見れたら、もしかしたら僕の推論が合っているかもしれないと思ってね。でもダメだった……」

「そんなこと言っている場合ですか！　こんなことする人初めてです！　お師匠様にだってそんなことしようとした人の話は聞いたことありません！　あれは見える人には最初から見えるし、見えない人には一生見えないものなんです……」

一気にまくし立てるようにそう言う咲耶は、それ以上なにを言うべきか迷うように視線を泳がせシュンとしてしまった。

「とにかく危なすぎます……もう二度と……」

言いかける咲耶を耕介の指先が制止させる。彼女の後ろを指差し「あれは」と一言呟《つぶや》いただけだったが、振り向く前に彼女にもその異常事態が呑み込めたのだろう。

二人の頭上を蔦の葉が這《は》い、吹き抜《ぬ》けを貫《つらぬ》き天井を覆い隠《かく》そうとしていたのだ。

「……あれ、っちょ……え？」

目を白黒させて首を左右に動かし、状態を確認《かくにん》している。耕介にも状況は充分に呑み込めていた。自分たちが気を逸《そ》らしている間に蔦が部屋を侵略《しんりゃく》しようとしていたのだ。

次から次へと枝分かれしては蔓《つる》が四方八方へと伸《の》ばす速度は一向に衰《おとろ》えず部屋を埋《う》め尽《つ》くさんばかりに成長の度合いを速めていく。

目を離した隙《すき》に樹木の精霊たちは暴走を始めていた。水の精霊はなおも水分を供給し続け、成長が止まらない。

「散って！」

（でれーい）

おそらく咲耶はまず水の精霊を開放し、要素に戻したのだろう。言ったとたんに水の供給が止まった。だが樹木の精霊たちが言うことを聞いてくれないようだ。依然として蔦たちの成長が止まらない。

「大きくなりすぎてしまいました」

焦《あせ》りの声を放つ咲耶を引き寄せる。巻き込まれては危ない。

「目を離している間に、私の手に負えないまでに精霊が成長してしまいました」

「樹木の成長に対して精霊の力が正比例して強くなるということか……」

耕介は彼女の言うことを理解し次にとるべき行動を思索《しさく》する。

しかし蔦は非力なものを嘲笑《あざわら》うかのように加速度を増してその手を伸ばしていく。

成長の止まらない蔦に追い立てられるように耕介と咲耶はキッチンへ一歩一歩後退して行った。玄関《げんかん》への道はもう封じられている。玄関に通じている通路は生《お》い茂《しげ》る葉が視界をふさいでしまい飛び込むには困難だ。あの蔦に捕《と》らえられたらひとたまりもない。

恐怖《きょうふ》に震《ふる》えた咲耶を耕介が抱《だ》きかかえて身を低くして蔦から彼女を守る。

そのままでも白い彼女の顔は蒼白《そうはく》になり、完全に思考を停止させている。耕介は平然とした顔のまま内心の恐怖に負けてしまわぬように、思考の糸を片時も切れぬようにこめかみに人差し指を当て打開の道を考える。

成長ホルモンの過剰分泌《かじょうぶんぴつ》による成長速度の抑制《よくせい》は……？

成長を促《うなが》し続けているホルモンは……。

オーキシン。

ジベレリン。

サイトカイニン。

ブラシノステロイド。

この場合フロリゲンはないと考えていいだろう。

心配そうに自分を覗き込む咲耶に笑いかけてあげられれば、少しは彼女の不安を和《やわ》らげてあげられるだろうに。笑うことのできない自分が口惜《くちお》しいと思った。

「大丈夫。これからちょっと科学の実験をするだけだよ」

そう言うと耕介の脳内は再び電光石火のようなスピードで思索、思考を開始する。

植物の抑制ホルモンは……。

アブシジン酸。

ジャスモン酸。

エチレン。

この場で抑制植物ホルモンを精製することは……。

アブシジン酸……。

……精製不可能。

ジャスモン酸。

……精製不可能。

エチレンは？

揮発性ガス。

「……耕介」

可燃性。

精製法は
アルコールと濃硫酸《のうりゅうさん》を……。

精製不可能。

「……いや……待てよ」

そこまで考えると耕介はこめかみから僅《わず》かに指を浮かして中空を見つめる。

「ナフサ！

可燃性オイル」

切れ切れの単語を口にしながら、飛《と》び跳《は》ねるように起き上がって、すぐ後ろの冷蔵庫の横にある小さなテーブルに手を伸ばす。その上にはコンビニの袋《ふくろ》がある。

「どうしたんですか？」

咲耶は不安な面持《おもも》ちで耕介に駆け寄る。

「昨日、友達が買ってきたジッポーライターのオイルの主成分が……」

手に取った長方形の缶《かん》には『主成分：ナフサ』と表記してあった。

「エチレンの精製法。

ナフサを８００～９００℃で熱し水蒸気を当てる！」

そう言うとキッチンの棚《たな》に手を伸ばす。圧力鍋《あつりよくなべ》をひっぱりだしオイル缶の口をシンクの角に叩《たた》きつけて蓋《ふた》を壊《こわ》す。缶の中の液体を圧力鍋に注ぎながら同時に水道の水も叩き込む。

「咲耶！　この鍋《なべ》を８００から９００℃の状態にできるか？」

咲耶は呆気《あっけ》にとられたように立《た》ち尽くしたのも刹那《せつな》、耕介の言葉に打開策の自信を見て取ると唇《くちびる》を引き締める。

「はい！」

咲耶の返答を聞くや耕介は圧力鍋の蓋を閉めてシンクの上に置く。

掌を差し出し咲耶は火の要素を集め始める。

「火を！」

要素が集まり多岐《たき》にわたる長く連結された要素たちが小さな竜《りゅう》のような姿をして集まってくる。先ほどと同じように咲耶は二本の指で非物質の世界、隔界の扉を開ける。光に包まれ、火の精霊《せいれい》が出現するが今度ばかりは耕介もそれを見ようとはしない。それどころではないのだ。

（だばー！）

咲耶は精霊に語りかける。

「お願い、あの鍋を熱して」

（だばー！）

了解《りょうかい》したとばかりに、火の精霊はその長い身体をなびかせる。

鍋は瞬時《しゅんじ》に炎《ほのお》の塊《かたまり》に包まれる。思わず顔の表面が焼かれたのではないかと錯覚《さっかく》をするほどの熱が一面を覆う。

蒸気を逃《に》がそうと噴出《ふんしゅつ》する白い湯気。

「咲耶、もういい！」

言うとすぐに完璧《かんぺき》な連携《れんけい》で咲耶は

「解散！」

と火の精霊を元に戻す。即座《そくざ》に火の塊が四散する。耕介はすぐに鍋を手に取ろうとするが、鍋自体が未《いま》だに高熱を帯びている。

「咲耶、水を！」

「水を！」

（でれーい！）

絶妙《ぜつみょう》なタイミングで先ほどと同じように、空間から水がわき出て、即刻鍋《そっこくなべ》が冷却《れいきゃく》される。

耕介は冷却された鍋の取っ手をつかみ、思いっきり蔦の中心へと投げ込む。

幹のように絡み合った蔦の木に鍋は激しくぶち当たって止め具が壊れ、圧縮されていた中身が気体となって噴出する。

「あぶない！」

状況を見守っていた咲耶を抱き込んで耕介はキッチン台の裏側へ飛び込む。

ポケットの中からハンカチを取り出して咲耶の口に当てる。耕介は自分の腕《うで》を顔に巻き込んで服の袖《そで》でやり過ごす。

煙《けむり》が部屋中に充満《じゅうまん》する。窓が開けっ放しになっていたおかげで、10分もすると部屋の中に立ち込めているエチレンたちが幾分《いくぶん》薄《うす》れてきた。

もう大丈夫《だいじょうぶ》だろうと耕介が身を起こす。

ゆっくりと立ち上がり、それから咲耶の手を取って彼女《かのじょ》も起き上がらせてやる。

二人の目の前にあったのは、ほんのり紅葉し、成長を止めた蔦たちであった。

「はぁ……止まった」

立ち上がった矢先に咲耶はそのままその場に尻餅《しりもち》をついた。

部屋の中でもみじ狩《が》り。しかも春先。目を丸くする咲耶を見ながら耕介はやっと一息ついた。

「嘘《うそ》だとか思わないのですか？」

「なんで？」

「だって……」

咲耶はその幼い小さな掌《てのひら》を握《にぎ》ったり開いたりして俯《うつむ》く。

リビングは一面紅葉《こうよう》に彩《いろど》られ、そこが室内だとはパッと見わからない。あれから耕介と咲耶は群生してしまった蔦たちを片付けたものの全《すべ》て何とかできるわけもなく、とりあえず落ち着くくらいの状態になったのを潮に休憩《きゅうけい》することにした。

ソファの上で拳《こぶし》を膝《ひざ》の上に置いた咲耶から、先ほどまでの威圧的《いあつてき》な命令口調はすっかり影《かげ》を潜《ひそ》め、自信なさ気な表情をしながら話す。

「今の時代は科学が信仰《しんこう》されています。科学で証明できるものは誰もが信じるけど、科学がわからないと言ったものは全て妄言《もうげん》、幻想《げんそう》、錯覚って言われるでしょ」

「そうだね」

「特にあなたはさっきまで全く信じていませんでした」

「本や映画の中でしか見たことがなかった。あれは違《ちが》うのだろうとは思う」

コクリと咲耶は頷《うなず》く。

「でも、あなたが魔法《まほう》を信じたら、あなたがやっている物理学はどうなるのですか？　何も成立しなくなっちゃうでしょ」

「そうだね」

　その姿はある意味では不思議な光景である。魔法使《まほうつか》いが、魔法を信じさせるどころか、何故《なぜ》信じるのか、と問うているのだ。

　耕介は先ほどの心に引っかかったことを思い出す。

　――この娘《こ》は何かを恐れている。それがなんであるのか？

　耕介は考える……がやはり答えにたどり着くことはできない。咲耶が何を隠し、何を恐れているのか。ここは聞けば答えてくれる学校ではない。咲耶には話せない何かがあるのだ。だから耕介は想像するしかない。そして彼女の言葉、行動、全てに神経を向け、辛抱《しんぼう》強《づよ》く咲耶が心を開いてくれるのを待つしかないのだ。

「できれば耕介には否定して欲《ほ》しかったのです」

　俯《うつむ》く咲耶は弱々しく儚《はかな》げに口を開く。何も言わず耕介は咲耶の言葉に耳を傾《かたむ》ける。

「あれは手の込んだ手品だと言われれば、私は耕介を信頼《しんらい》する必要がなくなる」

　しかし、事態はそうはいかなかった。突然《とつぜん》のアクシデントである。

「私の持つ能力がさっきの事態に何の効力も発揮できなかった。それどころか魔法の使えない耕介が鎮圧《ちんあつ》してしまった。だからもしかしたら……」

　その先を言えずに咲耶は深く顔を俯《うつむ》かせ、耕介に表情を読み取られないようにしているかのようだった。彼女は何かを否定するように小さく首を左右に振《ふ》り顔を上げる。

「あなたは科学の人間です」

見開いた目は崩れそうな意志を必死に守ろうとする光を放っていた。しかしその表情は弟と同じ歳《とし》の女の子がするには余りにも痛々しい姿だった。

彼女は自分に拒絶《きょぜつ》されたがっている。でもそれだけではない。その目の奥《おく》にどうしようもないほどの孤独《こどく》が見えた気がした。

「科学や物理は万能《ばんのう》じゃないよ」

耕介は無表情に、しかしやさしく言う。

「…………」

咲耶はなにも言わず、ただ肩《かた》からスッと力が抜けていく。

初めて知らないものを見るように、耕介を見上げる。

「なんで……」

耕介は僅かに首を傾ける。

「……なんで自分の構築した世界をあっさり壊されて平気なんですか？」

呟《つぶや》くように発した彼女の言葉は的確に人の真理をついていた。人は頑《かたく》なものだ。構築した世界が破られようとすると、それを必死で守ろうとする。

でも……と耕介は思う。

「物理の世界を勉強して知れば知るほどよく解《わか》らなくなってきた。物には法則もあるし決まりもある。でも時折そのルールはあっさり破られてしまう。何故《なぜ》法則が破られたのか誰《だれ》も証明の仕方がわからないけど、でも確実に法則が破られる瞬間《しゅんかん》はあった。咲耶の魔法だってそうだろ？」

「……うん」

「証明ができないもの、発見されていないもの、推論すら立てられていないもの、物理の世界にはそんなものばかりだった。物理だけじゃない、この世界のことで解っているものはほんの一握《ひとにぎ》りだということを知った。だから、僕はもっと知りたい。咲耶の言う世界も知りたい。物理の法則が効かなくなるのなら、それはそれで構わない。物理にできることはそこまでだったということだ。僕は何かを証明したいわけじゃない。ただ知りたいだけなんだ。物理のことも魔法のことも、咲耶のことも。どれも僕にとっては同じことなんだ」

その言葉を聞きながら咲耶は胸中に抱《かか》えた何かと必死で格闘《かくとう》しているようだった。そんな姿を見つめていた耕介は、ふと立ち上がりキッチンへ行くと湯を沸《わ》かし、紅茶を入れる。ティカップを咲耶の前に差し出《だ》し、「どっちがいい？」とミルクとレモンを咲耶に見せた。

「ミルク」

「どうぞ」

「……ありがとう」

カップの縁《ふち》を見つめてしばらく言葉を探すようにぼんやりと考え込んでいる咲耶。それから徐《おもむろ》に耕介の顔を見つめる。

「私は魔法使い失格です」

突然話しだした言葉に耕介は何のことかわからず彼女を見返す。

「思考も精神もあやふやになってしまって、今魔法を使ったら隔界に食べられちゃいます……だめですね」

それはだめなことだろうか。彼女が喩《たと》え魔法使いであっても、その前に咲耶は一人の人間だ。

「誰でもそうなる時はある」

「耕介にもですか？」

「ああ」

不思議なものでも見るように繁々《しげしげ》と彼女は耕介の顔を見る。どこかこそばゆい感じがするが耕介に困った顔はできない。軽く頬《ほお》をかいて目をそらすだけだ。

「魔法が使えない時は使わなければいい。もしその時魔法が必要だったのなら、僕《ぼく》が代わりになんとかする。咲耶ほどすごいことはできないけれどね」

ぼんやりと彼女はティカップを見つめながら僅《わず》かに微笑《ほほえ》む。しかしすぐにそれを打ち消すように首を振る。しばらくジッと考え込むようにしていたが、再び耕介の顔を見ると言いづらそうに目を伏《ふ》せる。

「私、耕介を信頼してもいいですか?」

それがどういうことなのか耕介には解らない。ただ彼女が今まで心を頑なにしていた理由は、全てその言葉の中にあるような気がした。自分に何ができるのかはわからない。でも自分の目の前にいるこの娘《こ》は大きな何かを抱えている。軽はずみによしということは決して許されないことのような気がした。

耕介の胸中にある言葉がよぎる。自分の小ささを感じる時に甦《よみがえ》る言葉がある。

――その目から見える世界を守るように努力しなさい。

母の言葉だった。

そうだ、僕の目から見える、今目の前にいるこの娘《こ》の世界を守ろう。それがどんなことなのかはわからない。わかったとしても答えは変わらない。

不安を湛《たた》える少女の瞳《ひとみ》を見ながら、耕介はゆっくりと首を縦に振った。

咲耶は見てはいけないものを見たように驚《おどろ》き、そして再びティカップに目を落とす。しかしその表情とは裏腹に突然、咲耶のお腹《なか》がキュルリと鳴く。

思わず笑い出したくなるような気持ちになったが、気持ちだけ。無機質な顔で耕介は立ち上がりキッチンへと行く。

「夕飯はどうする？　何か作ろうか？」

おもちゃのようにコクンと頷き返してくるがカップからは目を離そうとしない。冷蔵庫の中を見た耕介は中身の貧相さを目の当《ま》たりにして、すぐに扉を閉める。

「ちょっと出かけてくるから」

「何処《どこ》へ行くんですか？」

目を合わせようとせずに咲耶は身体の向きだけこちらに少し振る。

「夕飯の材料を買いに近くのスーパーに行ってくるよ。何か食べたいものがあれば買ってきて作る」

「別に何でもいいです」

そう言いながらも彼女はどこかウズウズと視線を泳がせて、ミルクティを飲むでもなく口の辺りで遊ばせているようだ。

どうしようかと迷っている様子だった。

何ごとかと思い耕介は咲耶を買い物に誘《さそ》ってみることにする。

「一緒《いっしょ》に行くかい？」

　思わずふり向いて咲耶は一瞬目を輝《かがや》かせ顔を明るくするが、すぐに元のティカップに目線を戻す。

「別にその言葉を待っていたわけじゃないですよ。違いますから」

　目を輝かせてしまったことの言い訳をしているかのようだ。

「だって私は客人です。そういうことは耕介が全部やってください」

　耕介は首を傾け、こめかみに指を当てる。

　一体どういうことなのだろう。てっきり買い物に行ってみたいものかと思ったら、どうやら違うのだろうか。それとも、外に出かけると聞いて喜ぶのは子供っぽくて恥《は》ずかしいと思う年頃《としごろ》なのだろうか。

「でも、買い物の荷物が多いのであれば私も手伝います。私だってそこまで甘《あま》えているわけにはいきませんから」

　その言葉を聞いてこめかみから指を離《はな》す。咲耶はなおも続ける。

「で、どうなんですか？　多いんですか？　少ないんですか？　少ないのなら……」

「冷蔵庫の中が空っぽだからちょっと多めに買って来ないといけないだろうね。明日の朝食の分も必要だし」

「そ、そうですか」

と言う咲耶の声が半音高く聞こえたのは気のせいだろうか？　彼女は立ち上がって早速《さっそく》玄関《げんかん》に走っていくと

「行かないのですか？」

と耕介を急《せ》かした。外は日が暮れかかり空はオレンジ色から紺色《こんいろ》へのグラデーション。

「日が暮れるとまだ寒いから、何か上に羽織っていった方がいい。何か着るものはあるかい？」

と聞くと、咲耶は「はい」と一言置いてクローゼットの中から真っ黒なマントと同色の見慣れない形をした帽子《ぼうし》を取り出した。そう、魔女《まじょ》が羽織る立ち襟《えり》の漆黒《しっこく》のマント。それにやはり魔法使いがかぶっているトンガリ帽子だ。

「あ、いや、ちょっと待って」

既《すで》にそれを羽織って出かけようとしている咲耶を耕介は急いで止める。咲耶は首を傾けた。耕介はその恰好《かっこう》では大変目立ってしまうことと、それなりにご近所の目があることを説明する。

「でも物理障壁《しょうへき》を張ってあるので、これがあれば突然のアクシデントにも万全《ばんぜん》ですよ」

「ちょっと買い物に行って帰ってくるだけだから、そこまでする必要はないよ」

不承不承《ふしょうぶしょう》納得した咲耶は大儀《たいぎ》そうに黒衣と帽子を取ると、くるっと一回転させて手品のようにその場から自分の背ほどもある衣類を消した。彼女が黒衣を握《にぎ》っていた手には、指の間から黒い布キレが顔を覗《のぞ》かせていた。

耕介は内心驚き、咲耶の手元を見る。

「それも魔法なのかい？」

咲耶は斜《なな》め上《うえ》にある耕介の顔を見上げる。

「魔法といえばそうなのですが、厳密には違います。先ほどの精霊を使ったものとはまったくの別物です。物質そのものを構成する情報だけを残して後は空気中に分解させました」

手に握った布キレを出し耕介に見せる。

「これの周りに分解された物質が漂《ただよ》ってます」

どんなに目を凝《こ》らしても見えることはない。目の前にあるのは黒衣を構成する情報の入った布キレだけで、その周りに何があるのかは人の目からは確認することはできなかった。

「もう一度集合を掛《か》ければ先ほどの形を取《と》り戻します」

「じゃあ咲耶のあの梱包《こんぽう》、あれを全部分解してポケットに入れて運んでくることもできたわけだ」

「はい、可能です」

「なぜ引越し業者にお願いしたんだい？」

「物質を分解、再構成というのは物《もの》の理《り》を捻《ね》じ曲《ま》げて一時的に形を変えてしまう、ということです。あれだけの量の物を分解して長期間……まあ数日間ですが、放置しておいたら物質世界のバランスが歪《ゆが》みます」

何も知らなければただの便利で万能なものであることは確かだ。しかし、魔法にも理《ことわり》はある。咲耶が語るように、可能、不可能は存在し、また使いすぎによる弊害《へいがい》も存在する。

科学が万能でないのと同じように、魔法もまた万能ではないのだろう。

「物質世界のバランスが歪むとどんな影響《えいきょう》が出るのだろう?」

耕介の質問に彼女は少し考えてから

「元の形に戻らない場合があります」

「濃縮《のうしゅく》、還元《かんげん》をする時に失われる要素が出てきてしまう、というようなことだろうか?」

耕介はだいぶわかりやすく言ったつもりだったが、咲耶は目を泳がせてから首を傾け

「そうです」

と答えたが、その後にぼそりと誤魔化《ごまか》しながら「たぶん」と付け足した。

咲耶は布キレを腰《こし》のポーチに仕舞《しま》い、周りをキョロキョロとしてから耕介の顔を見る。

「他に着るものはないのですがどうしましょう?」

それを聞いて耕介はクローゼットを開けてその中からジャケットを一枚とる。

「僕のでよかったら」

とは言ったものの中学生くらいの彼女には大学生の男子サイズはちょっと大きすぎる。袖も丈もブカブカ。

「別にこれで構いません」

と言って玄関へと駆《か》けていく。追うように戸締《とじま》りを終えた耕介が後に続く。

春の新緑が芽吹《めぶ》く木々の下を歩きながら先を行く咲耶がふと耕介に振り返《かえ》る。

「耕介は魔法のことをどこまで知っているんですか？」

突然の話に、しばしどう言うべきか考えたが、耕介は首を横に振り
「それほど何もわかっていないよ」

と言った。しかし咲耶は黒く澄《す》んだ瞳を瞬《まばた》かせ、不思議そうな顔をする。

「もしかしたら、耕介は私より魔法のことを理解しているのかもしれません」

僅《わず》かに微笑み、咲耶はくるりと耕介に背を向けて先を歩き出した。

彼女から最初の頃《ころ》の警戒心《けいかいしん》や不安がほんの少し落ちたことが耕介にもわかり、初めて見せた咲耶の笑顔《えがお》がうれしくもあった。

スーパーマーケットはそれほど遠くない。マンションから歩いて五分もすれば緑色の看板が見えてくる。スーパーマーケットの中では取り分け商品の値段は高めだが素材は良い物を揃《そろ》えていると、ご近所のセレブからは好評の店だ。

ガラス戸の自動ドアを潜《くぐ》ると新鮮《しんせん》な野菜たちが迎《むか》えてくれる。耕介が買い物籠《かご》をカートに乗せ品物を物色しながら歩く。大量の品々に咲耶は目を見張り輝かせる。

カートを押《お》す耕介は生肉コーナーに来ると、迷うこともなく豚《ぶた》ばら肉を手に取る。

「ちょ、ちょっと！」

大慌《おおあわ》てでブカブカのジャケットの袖が止める。

「どうしたんだ急に」

「死体を食べるんですか？」

慌《あわ》て焦り、パックを取り上げる。

「ダメです！　そんなの！」

袖を捲《まく》り上《あ》げて突《つ》き出した手で豚ばら肉を咲耶は元の場所に戻《もど》そうとする。

「食べるのはだめなのかい？」

「ダ、ダメというわけではないのですが……死体ですよ」

まあ、死体であることには変わりないが、今まで食材とは思っても、死体とは思ったことがない一般人《いっぱんじん》の耕介にはどうすることもできない。

「魔法使いは肉を食べたらいけない？」

「……いけないというわけじゃないですけど」

「魔力《まりょく》が減る等の弊害《へいがい》がある？」

「…………弊害はありませんけど」

「魔法が使えなくなってしまう？」

「…………………使えますけど」

質問に対してどんどんディクレシェンドしていく咲耶の声。

「嫌《きら》いなの？」

「嫌いというか……」

咲耶は説明する、まだ肉や魚を食べたことがないというのだ。お師匠《ししょう》様は薬草とか薬膳《やくぜん》料理を中心に生活してきたため、一切《いっさい》の肉類魚類を口にしたことがないらしい。また実家にいた時も同じような料理だったため、今更《いまさら》食べるのには食生活的コンプレックスのようなものがある、と必死で耕介に説いた。

「僕の家は八百屋で父はいつも野菜炒《いた》めばかり作っていた」

突然の耕介の告白に咲耶は驚きを浮かべる。

「耕介から生活感なんて感じていませんでした」

「普通《ふつう》の家庭だよ」

「いや、耕介の家が八百屋というのがまた……」

おかしいだろうか？

「わりと普通のつもりでいたんだけど」

「なんかもっとこう……トラウマの残りそうな家庭環境《かんきょう》かと」

「失礼な」

冗談《じょうだん》のつもりで言ったが、言っている顔は真顔なのだ。

「失礼しました」

素直《すなお》に謝《あやま》る咲耶。

「でもいつも野菜炒めというのは辛《つら》いかもしれないですね。私の食生活だってスープもあればシチューもありました。やはり野菜炒めばかり食べていると……」

と言いながら耕介の顔をチラチラと見てくる。

「この顔とは関係ない」

「え！　あれ？」

野菜炒めばかり食べていると顔面表装筋が動かなくなるとでも思ったのだろうか？

耕介は気を取り直し話を続ける。

「僕が台所に立つようになって、隣《となり》の本屋に行っては料理の本を買って、新しい料理に挑《ちょう》戦《せん》してみたが、初めて口にする味も多々ある。それは一種の喜びのようなものだ」

そう言うと耕介は食肉コーナーの肉の種類を説明しながら、どんな料理ができるかレクチャーしていく。聞いている咲耶が思わず唾液《だえき》をゴクリと飲む音が聞こえる。

「食《く》わず嫌《ぎら》いなら、食べたほうがいい。知らないことを知るというのはとても楽しいことなんだ」

「……知らないことを知る」

楽しいという表現に乏《とぼ》しい耕介の言葉で、どこまで彼女に伝わっただろうか。彼女は俯《うつむ》きながら何かを必死で考えている。

「咲耶は魔法を使えたとしても人であることには変わりない。成長期に好《す》き嫌《きら》いを言っていたらちゃんと大きくなれないよ」

「え！」

ハッと驚きを浮《う》かべた彼女の顔は即座に哀愁《あいしゅう》に変わり、薄《うす》い胸に手を当てて目を落とす。

「……そっちか」

まあ、そういうことが気になる年頃なのだろう、と耕介は思うが……。

「新しい味を知ることは人間に許された喜びの一つだよ。何でも食べてみるといい」

「…………」

何も言えず咲耶は困惑《こんわく》しながら手に持った豚ばら肉を元の場所に戻すか買うか迷っているようだった。

そんな咲耶に気をとられていたせいもあるだろう。耕介の真後ろによく知った顔がたまたま買い物に来ていたことに、彼《かれ》は話しかけられるまで全く気づかなかった。

「あれ、耕介ぇ。何してるのこんなとこでぇ？」

突然《とつぜん》掛けられた声の方に耕介は振り向《む》く。

「……あすみ」

「耕介ってここに住んでたんだっけぇ？」

すらっと伸びた背に肩まであるウェーブのかかった栗色《くりいろ》の髪《かみ》。カジュアルなパンツとキャミソールにシンプルなハイヒールが彼女の美しさを逆に際立《きわだ》たせる。何より人並みはずれた豊かなプロポーションに一般《いっぱん》平均的男子なら目が釘付《くぎづ》けになることは間違《まちが》いない。

「やあ、久しぶり、久しぶりぃ」

彼女は耕介の高校時代の級友で野々村《ののむら》あすみという。

高校時代三年間同じクラスで、違う大学に進学したものの、お互《たが》い東京に出てきてからよく顔を合わせていた。年が明けてからは研究に忙《いそが》しかった耕介は時々彼女から電話が掛かって来たりして話をする程度だった。

あすみの大学はここの近くにあり、アパートも駅を挟《はさ》んで反対側だが、それほど遠くない。しかし耕介は引越しなどのバタバタにかまけて、あすみに連絡《れんらく》をするのを忘れていたことに気づく。

「……うぅ……おう…」

壊《こわ》れた機械のような声にふと後ろを見ると、咲耶が呆然《ぼうぜん》と目の前にそびえたつ抜群《ばつぐん》のプロポーションで、これ見よがしに強調されたあすみの胸に目を奪《うば》われていた。ショックだろう。気にしているのなら尚更《なおさら》。

「え、耕介ここに住んでんのぉ？」

「学校から……いろいろあって、マンションを借りてて……今月から」

言葉が若干《じゃっかん》たどたどしくなる。肌寒《はださむ》くなってくる時間帯にもかかわらずあすみは何も羽織らず、キャミソールからは豊か過ぎるバストが覗《のぞ》いている。さすがの耕介も目線のやり場に困ってしまった。

現に咲耶はその著《いちじる》しい成長の痕跡《こんせき》に口をひし形に開いたままフリーズしている。

「へぇ、教えてよぉ。え、この近くぅ」

と言いながらあすみは豚ばら肉を迷いなく買い物籠に入れる。ふと咲耶を見ると、しきりに手に持った豚ばら肉と彼女の胸を見比べ、「なるほど……」と呟《つぶや》きながらカートの買い物籠にそっと入れた。

ミッションを終えたように満足した表情を浮かべる咲耶だったが

「……うぐぅ！」

図《はか》らずも目が合ってしまった。とりあえず耕介は何も見なかったことにした。

咲耶にだって女の子なりの悩《なや》みはあるだろうし、それを深く追及してはならない気がして、耕介はあすみに会話を戻す。

「ここからなら歩いて五分くらいの距離《きょり》だよ」

「近《ち》かぁ！」

大げさに驚くあすみ。

「ちょっとぉ、じゃあ今度行くよぉ。っていうか、これから行くよぉ」

「いや、それはちょっと……」

言葉に詰《つ》まって耕介は咲耶を隠《かく》すように、あすみの前に立ちはだかる。

論理的思考をする耕介には珍《めずら》しく、本能が先に危険信号を発し、咲耶を隠すべきだと判断したのだ。あすみはその様子を鋭《するど》く感じ取ったのか

「庶民《しょみん》のシュート！　……と見せかけてミッチーへパス！　……と見せかけて速攻《そっこう》！」

　バスケットボールインターハイ決勝を賭《か》けた最後の疾走《しっそう》、のようなフェイントをかまし、耕介の後ろにぴったりとくっついているブカブカジャケットを着た咲耶を見て時が止まった。

「…………え？」

　その「え？」はどういう意味合いか耕介にはすぐに察しがつく。本能が知らせた危険信号は間違っていなかった。

「……へんたいぃ！」

「待て。違う！」

「なにがぁ？」

　先ほどまで大仰《おおぎょう》に振舞《ふるま》っていたあすみの冷たい視線。

「何がって、お前が思っているようなことではない」

「あたし別に何も思ってないわよぉ。耕介は何をあたしが思っていると思ったのぉ？　言って御覧《ごらん》なさい」

　完全に遊ばれている。

「耕介、何を思ったんですか？」

見上げて咲耶が問う。ここは察して欲しい所だった。いや、深く追及してはだめだと耕介は首を横に振るが、まだ少女である彼女にそれを求めてもわかってもらえなかった。仕方なく話の論点を戻そうとあすみに向き直る。

「別に疚《やま》しいことがあるわけでもなんでもない。ただ一人暮らしの男の家に女の子が遊びに来るのは、健全な大学生としてどうかと思うのだ」

後ろで聞いている咲耶はしきりに頷《うなず》きながら

「とても道徳的で倫理的《りんりてき》ですね。うん」

となにやら納得《なっとく》している。

いや、咲耶に言っているんじゃないんだけどなあ、と思いながら言葉に詰まっていると

「あれ？」

やはり咲耶が、しかし頷いていた時とは全く違う様子で何かに気づいたようだった。

「耕介は一人暮らしではないじゃないですか。今日から私と一緒に暮らすのでしょう？」

「…………」

恐《おそ》ろしく長い沈黙《ちんもく》が三人の間に横たわった。

何故だろうか？

耕介は思う。咲耶がこの長い沈黙の意味を知るのは、もう少し先のことなのだろうな。

「ほう……」

咲耶の言葉を聞いていたあすみの冷たーい、それはもう凍《こご》えそうなほど冷たーい視線が耕介に突き刺《さ》さる。

「いや、それはさっきも言ったが学校側の……」

「耕介ってさぁ」

あすみは遠くを見ながら意地悪な笑《え》みを浮かべる。

「高校の時、やたら先輩《せんぱい》からモテてたじゃない」

「そうだったろうか？」

「でも結局誰とも付き合わなかったわよねぇ。そうかそうかぁ、そういうことかぁ」

そういうこととは、どういうことか？　とは聞き返さない。聞き返さずともあすみの言わんとすることはわかる。それ故《ゆえ》、聞き返したくもなかった。

「へんな納得をするな」

「耕介は年上の女性からモテるんですか？」

咲耶が介入《かいにゅう》することでこじれた内容に更《さら》なる拍車《はくしゃ》がかかる。

「ちがうのよぉ。年上からも年下からもモテてたのぉ。でもねぇ、この耕介は一度もその青春を謳歌《おうか》しようとしなかったのよぉ。不思議よねぇ……」

腕組《うでぐ》みをしたあすみは横目で耕介を捕《と》らえて離さない。

「なんで謳歌しなかったんですか？」

咲耶の質問も耕介を捕らえて離さない。

「それは……」

「それはねぇ、耕介がどうやら特殊《とくしゅ》な趣味《しゅみ》があるからのようなのですねぇ。ね、耕介君」

「耕介はどんな趣味があるんですか？」

「それは……」

「だめだよぉ。子供がそんなこと聞いちゃだめだよぉ」

「だめなんですか？」

「それは……」

「じゃあ、お嬢《じょう》ちゃんにだけ特別教えてあげるねぇ」

間断《かんだん》なく耕介の言い訳は遮《さえぎ》られ、あすみと咲耶の会話はよからぬ方向に雪だるま式で悪化していく。

「あすみ、詳《くわ》しく説明させてくれ。頼《たの》む」

あすみの肩をひしと掴《つか》んで懇願《こんがん》する。

「しょうがないわねぇ。じゃあ、話の続きは耕介君ちでお酒でも飲みながらゆっくり聞こうかぁ」

完全に耕介は嵌《は》められていた。

第二章　魔法使いの休息

キッチンで鍋を振るう。

キッチンでため息を吐《つ》く。

盛り付けられた料理を運ぶ。

「うほぅ。ちっちゃいねえ、いくつぅ？」

「十三です」

「わぉ、犯罪だぁ」

「犯罪？」

鋭い視線と、釣《つ》りあがった意地悪な笑みの対象が耕介《こうすけ》に向けられていることは間違いない。室内を跋扈《ばっこ》する季節はずれの蔦《つた》の葉のことなどまるで気にも留めず、我が家《わがや》のようにくつろぎっ放しのあすみは咲耶《さくや》をいじることに夢中のようだ。

この不可思議な光景は気になっていないのだろうか？

口答えもせず咲耶は胡坐《あぐら》をかいたあすみの膝《ひざ》の上で為《な》すがままに抱《だ》っこされ、ほっぺたを突《つつ》かれたりしている。

「スベスベだねぇ、たまんないよぅ」

「……はあ」

と言うものの咲耶はそれほど嫌《いや》そうではない。むしろ抱っこされながら柔《やわ》らかな膨《ふく》らみを頭に当てて、ぼんやりと「……好き嫌いはだめ」と呪文《じゅもん》のように呟《つぶや》いている。

テーブルに咲耶がリクエストした野菜サラダが並べられ、横には難色を示す豚キムチ炒めが隣接《りんせつ》し、あすみの希望のナスの煮浸《にびた》しが添《そ》えられてご飯が盛り付けられる。

耕介は用意が整うとやっと腰を下ろす。

「さあ食べよう。咲耶、好き嫌いは？」

「ダメっ！　ゼッタイ！」

「よし。じゃあいただきます」

咲耶とあすみがそれに続いて箸《はし》を取る。咲耶はしばらく豚キムチ炒めを食べようか食べるまいか悩み、あすみを見て何かを確信したようにぐっと拳《こぶし》を握り、箸を伸《の》ばした。

「どうだ？」

「…………」

聞くまでもなかった。彼女は豚キムチ炒めを噛《か》み締《し》めながら顔をほころばせる。しかし

その様子を見ていた耕介の視線に気がつくと、直《す》ぐに冷静な顔を取り繕《つくろ》い
「……おいしいです……死体ですけど」

と最後の負け惜《まお》しみを口にする。

「うふふふ……咲耶ちゃんは可愛《かわい》いねぇ。素直になれないとこも可愛いねぇ」

あすみの誘拐犯《ゆうかいはん》のような発言を無視しながら耕介もおかずを口に運んでいく。

——人のいる食卓《しょくたく》は随分《ずいぶん》と久しぶりだ。

食事が落ち着いた所で耕介はあすみにこれまでの経緯《けいい》を話していった。もちろん咲耶が魔法使《まほうつか》いであることは省《はぶ》いている。信じてもらうには色々説明しても言葉が足りないだろうし、先ほどのアクシデントのこともある。沖島《おきしま》教授の客人ということでそれ以上は触《ふ》れていない。

「で、なんであんたなの？」

あすみの質問の意図はすぐにわかった。

「普通女の子に頼むでしょう、こういうことわぁ。こと思春期の女の子を相手にするんなら、相応の女子大生が幾《いく》らでもいるはずだけどぉ」

「まあ、そうかもしれないけど」

「いくら耕介が淡白《たんぱく》だからってぇ……普通の女を相手にできないからってぇ……」

「勃《た》たないかわいそうな男だからってぇ」

こぶしを利《き》かせたあすみの言明に咲耶が首をかしげている。

「たたないってなんですか？」

咲耶が即座《そくざ》に耕介に聞いてくる。

「ちょっと待て」

耕介の鉄壁《てっぺき》ポーカーフェイスにもあせりの色が浮かぶのではと思われた。

「何故《なにゆえ》にあんたなのかしらねぇ」

そんなことは沖島教授に聞いてほしい、と耕介は思うが咲耶の手前そうも言えない。もちろんアパートの更新《こうしん》ができずに困っていたのは他でもない耕介である。でもそれが原因で気を遣《つか》った教授が耕介を選択《せんたく》したのかと言えば、それは違《ちが》う、と耕介は思う。

「あの……」

咲耶が耕介に耳打ちをするように話しかけてくる。

「たたないというのは耕介の立場が、ということですか？」

ある意味間違っていない。今確実に、あすみに立場なきレッテルを貼《は》られようとしていることは確かなのだから。ただあすみの言っている意味とは明らかに違うので、耕介は

「いや待て」

あやふやに「うーん」と唸《うな》るだけだった。

咲耶はその様子を見ていると、突然《とつぜん》すっくと立ち上がりあすみに向かう。

「耕介は適任です。私のことを理解する上で彼以外の人間は思いつきません。たたないことに関しては……耕介がそのうち直していけばいいことだと思います！」

耕介もあすみも驚《おどろ》いて言葉を失った。

堂々と言い放ったにも拘《かかわ》らず、今一の反応をしている二人を不審《ふしん》に思ったのか、少し自信なさ気に咲耶が付け足す。

「何か問題はあるでしょうか？　やはり、たたないと問題があるのでしょうか……？」

「あるでしょう……いろいろぉ。ねえ耕介くん」

何か言いたげにあすみは細い目をしてこちらを見る。

「いろいろと言うと……なんでしょうか……」

もっともな質問だが、根本的にあすみの言っていることは論点がずれているし、追及した所で耕介が気まずくなることは間違いない。なによりも咲耶が話を拗《こじ》らせていることに彼女《かのじょ》自身気づいていないようだ。

「そりゃあ、あれよぅ。若い男女が一つ屋根の下で暮らすってのはさぁ、そういうことになるじゃない」

「そういうこととは？」

「しかもぉ、こんな年端《としは》も行かない女の子に耕介君たらぁ何するつもりかわからないじゃない」

「耕介は私に何かするのですか？」

咲耶は耕介に疑問を流す。

「何もするつもりはない」

きっぱりと無機質に返す。

「男はみんなそう言うのよぅ、ビックリするくらい同じこと言うのよぅ」

「そうなのですか、耕介」

「……言う人もいるだろう」

「それで何もしてこない男なんていないのよぅ」

「そうなのですか耕介？　耕介は私に何をするんですか？」

あすみの悪魔的《あくまてき》いたずら心に、咲耶の疑問はまさに悪夢のような連続コンボ。耕介はしばらくこめかみに指を当て打開を図る。

「……咲耶の世話だよ」

「なるほど。お願いします」

納得がいった咲耶はしきりに頷いた。

「うまくにげたねぇ」

小声で囁《ささや》くあすみにげんこつをくれる。

「うひょう」

気がつくとつけっ放しだったテレビのニュース番組はいつの間にか深夜枠《わく》のバラエティ番組に変わっていた。時計を見れば十二時前。旅の疲《つか》れもあるのか、あすみに抱っこされていた咲耶は目をトロンとさせて船《ふね》を漕《こ》ぎ始めていた。それでも彼女は耕介とあすみの話に耳を傾《かたむ》けながら目を擦《こす》ってはバラエティ番組に視線を移したりして我慢《がまん》している。

そんな咲耶を見ながら、耕介はすっかり打ち解けている咲耶に変わらぬ表情のまま優《やさ》しい視線を向ける。

バラエティ番組は最近流行の文化について潜入《せんにゅう》レポートをしている。西洋菓子《がし》専門店のスイーツが映し出《だ》され、トロンとした目を幾度《いくど》も擦りながら咲耶はそれを見ている。

「咲耶、もう寝《ね》るかい？」

耕介の言葉で少し意識を取り戻したように寝ぼけ眼《まなこ》を擦る。

「……………はい」

答えると同時に深い眠《ねむ》りの中へと落ちていく咲耶を耕介は抱きあげると、隣の部屋へと連れて行く。起こさないようにそっとベッドにおろして毛布を掛けてやる。

戸口であすみがニコニコしながらその様子を見守っている。

「ほんとかわいいねぇ」

咲耶に気を使ってあすみは小さく微笑《ほほえ》む。

枕元《まくらもと》を直す耕介の背中にあすみが小声で言う。

「耕介も父親になったらそういう風にするんだろうねぇ。無愛想で子供に怖《こわ》がられたりしながらさぁ」

体重を戸口に預けるように寄りかかるあすみの顔は、逆光ではっきりと見ることはできない。

「でもまあ、そうなるのはまだまだずっと先の話だろうけどねぇ」

いつもと違うあすみの様子がふと気になる。見えないあすみの表情を見ようと身体を起こすと、あすみはそれを隠すように急におどけて見せる。

「おやすみのキスはぁ？」

「余計なことを言うな」

あすみはゲヘゲヘとこれ見よがしに意地悪な笑いをしながらリビングへと戻っていき、耕介も後に続いて咲耶を起こさないようにそっと戸を閉める。

「さあ、飲みなおそう！」

リビングへ戻るや、あすみは安いのだけが取柄《とりえ》の焼酎《しょうちゅう》をグラスについでウーロン茶で割る。耕介はわかったと座布団《ざぶとん》に腰掛《こしか》ける。

「ほら、耕介も付き合いなさいよぉ。全く飲めないわけじゃないでしょぅ」

「だが好んで飲みはしない」

「だからぁ、たまには付き合いなさいって言ってんでしょぅ」

「じゃあ少し」

あすみは、よしよしと言いながらグラスに同じものを作り始める。

「いい。飲まなきゃ始まらないのよぅ」

「なにが？」

「なにがって、あんたはほんとに変わんないねぇ。なんだかんだ言っては飲まないように飲まないように、って逃《に》げ回《まわ》ってぇ。耕介はねぇ、一回潰《つぶ》れて女の子に押し倒《たお》されてみたらいいのよぅ」

また無茶《むちゃ》を言う。

「そういうなし崩《くず》し的な異性交友は望んでいない」

「あんた大学生でしょぅ。女の子だって学内にいるんでしょぅ」

「いるよ」

はあ、と思いっきりため息を吐きながらあすみは一気にウーロンハイを呷《あお》る。

「あんたねぇ、『大学生』という言葉は『その気になったらブサイクでも彼女ができる場』の代名詞なのよぅ」

「大きく間違ってるな」

「間違ってなーいぃ！」

「お前、相変わらず酒癖《さけぐせ》が悪い……」

あすみの作ったウーロンハイにウーロン茶をたして薄めながら、表情そのままに耕介は少しグラスを口に運ぶ。

「まあ、それはさておき……」

ウーロンハイを口に運びながらあすみは少し真面目《まじめ》な顔になった。

「あの子は結局なんなのぉ？」

どう言ったものか。あすみが聞いているのは、まだ話していない事実についてだろう。

「この部屋の状況《じょうきょう》見たら、とりあえず驚くじゃないぃ」

「あまり驚いているようには見えないな」

「驚いてんのぉ」

「そうか。悪かった」

ぶーっと口をとんがらせて、あすみは二杯目《はい》を作る。

「話したくないってんなら別にいいけどさぁ」

少し困って耕介は指をこめかみに当てる。

「どう説明していいのかな……」

「……もう、わかったわよぅ。親友の耕介君が説明に困るような内容なら無理に聞いたりしないよぉ。でもさぁ、そのうちちゃんと説明してねぇ」

「ああ」

「それとぉ……」

ずいっと机に肘《ひじ》を突いて前へ乗り出す。

「二人っきりだからって変なことするんじゃないわよぅ」

据《す》わらない目を据わらせたつもりで耕介は念を押《お》す。

「弟と同い年の子に何するって言うんだ?」

「わからないわよぅ。そっちに目覚めちゃったらどうすんのよぅ?」

「目覚めない!」

「ふふふ……ま、信頼《しんらい》してるわよぅ、耕介くん」

そこからは世間話と思い出話に花が咲《さ》いた。耕介は何でも覚えている。あすみが「あれあれ」と言えば前後の流れから明確に言い当てる。話題は高校時代の思い出話へと流れていった。

「そういえばぁ……」

なんだろうかと耕介はあすみを見る。

「あたしの後輩《こうはい》ぃ」

「八嶋《やしま》さんか？」

「そうよぅ、かえでちゃん」

高校時代のあすみの部活の後輩である。

「あんた、何したかわかってるぅ？」

何したか、にアクセントを置いて耕介に非難の目を向ける。

「僕《ぼく》は何度かあすみと一緒《いっしょ》に会って話をしただけだ。軽率《けいそつ》なことは何一つしていない」

「わかってない。何もわかってないよぅ」

「待て、何がだ？」

「恋愛《れんあい》に於《お》いて高校生なら多少は軽率であるべきなのよぅ。そうでなければ発展するものも発展しないのぉ。あんたは全く軽率さがないのよぅ」

あすみは鼻息を荒《あら》くする。

かえでは耕介を兄のようだと言って恋愛の相談をするために耕介の下に来たことがあった。その当時あすみが「相談に乗ってあげなさいなぁ」と言って連れてきたのだ。

「あのね、耕介ぇ。その恋愛の相手って誰《だれ》か知ってるのぉ？」

「知らない」

「ほらぁ」

要領のつかめない耕介はウーロンハイを口につける。

「あんた、わかってないのよぅ。女心が全くわかってない！」

「ちゃんと相談に乗ったつもりだし、プライバシーを侵害《しんがい》しない程度には状況は掴んだ」

「違うのようぅ、恋愛に悩む少女がいるでしょぅ」

「うん」

「相談に乗る男がいるでしょぅ」

「うん」

「何かが起こるでしょぅ！」

「何が起こるんだ？」

あすみは、あー！　と頭をかいてからため息を吐いた。

「まあ、別にいいけどねぇ。あたしはあたしでホッとしたし」

「なんであすみがホッとする必要があるんだ?」

「いいの! あんたは豆腐《とうふ》の角にでも頭ぶつけてなさい!」

あすみの面倒見《めんどうみ》のよさは高校時代から評判だった。西に恋愛に悩む者があれば相談に乗ってやり、東に痴話喧嘩《ちわげんか》をする者があれば「のろけにしか見えないからやめろ」と言ってやり、北に受験に悩む者があれば「来年もあるさ」と励《はげ》まし、南に自殺をしようとする者があれば「お前はもう死んでいる」と理解に苦しむことを言って踏《ふ》みとどまらせる。

二人が通っていた高校であすみは抜群のプロポーションと美麗《びれい》な容姿に加え、困っている人は放っておけないという美点から、他校にも噂《うわさ》が及《およ》ぶほどのアイドル的存在となり、一部ではファンクラブが存在し、また一部では『女神《めがみ》を崇《あが》める会』なる宗教じみた者たちまであったという。どこまでが本当か耕介も実態は掴めていない。

「あたしゃ、根に持つよぅ。あの娘《こ》のことだけは解決してやれなかったからねぇ」

「まあ、僕にも責任があるだろうなあ」

「ある! 大いにあるぅ!」

そんなに責め立てられることなのだろうか、と耕介は思う。まあ、ちゃんとしたアドバイスができたとは言えないかもしれない、と耕介は高校時代を追想する。

「あすみが面倒見のいいことは知っているが、僕はあすみほど万能《ばんのう》じゃないよ」

フッと素面《しらふ》になったようにあすみはテーブルにグラスを置く。

「耕介は知ってるぅ？　あたしがどうしてそこまでお人よしになったのか」

正直見当がつかなかった。だから耕介は首を横に振《ふ》る。あすみはククッとお腹《なか》を抱《かか》えて苦笑いをする。

「頭がいいんだか、馬鹿《ばか》なんだかぁ」

「褒《ほ》めてるのか？　貶《けな》してるのか？」

「うーん、じゃあ、褒めてるぅ」

「……じゃあ、って」

こういう時はおどけて不機嫌《ふきげん》な顔でもするべきなのだろう。できないが……と耕介は自分の顔面筋肉の軟弱《なんじゃく》さに内心ため息を吐く。

「嫌いじゃないけどねぇ、耕介のそういうとこわぁ」

「そういうとこってなんだ？」

「あんたの唯一《ゆいいつ》の弱点だよぅ」

微笑みながら言うあすみに耕介は戸惑《とまど》った。

耕介自身が気づいていない彼の盲点《もうてん》であり弱点のことを、あすみが指摘《してき》しているのはわかるのだ。しかし、自分の盲点が一体なんなのか未《いま》だに耕介には解《わか》っていない。自分の盲点、弱点に気づくことはできるのだろうか。

「鈍《にぶ》いってわけじゃないんだけどねぇ、耕介は大切なものを忘れてる。それが耕介の弱点なのさぁ」

謎《なぞ》は深まるばかりだった。

焼酎のボトルが空になったのを潮にあすみは帰ると言いだした。時間も時間なので耕介はあすみをアパートまで送り届けることにする。街灯の明かりは絶えないものの深夜は人通りもほとんどない住宅街。時計の針はとうに深夜一時を回っていた。

＊＊＊

ゆりかごに揺《ゆ》られるような感覚。

咲耶は、これは耕介の腕《うで》の中なのだろうか、と考える。

背中にあたるふんわりとした感触《かんしょく》はベッドだろう。

「ほんとかわいいねぇ」

僅《わず》かにあすみの声が聞こえたが、すぐさま深い深い眠りの底へ落ちていく咲耶から外界の音は消え去っていった。

咲耶は考える。耕介と一緒にいると彼女の心は何故《なぜ》か落ち着いた。まだ会って一日もたっていない。

――でも耕介はたぶん誰よりも魔法《まほう》のことを理解してくれる。

そして自分に突《つ》きつけられた運命にも……。

そう思った瞬間《しゅんかん》、その淡《あわ》い感情が打《う》ち砕《くだ》かれるように空間に亀裂《きれつ》が入り、薄《うす》い氷が割れるように瓦解《がかい》していく。その先には真っ黒に光る木柱が幾重《いくえ》にも折り重なり、その一番奥《おく》には咲耶と変わらない長い髪の女の子が鎮座《ちんざ》している。

「……磐長《いわなが》」

呟くと同時に咲耶の中に怯《おび》えと恐怖《きょうふ》が浮かぶ。

「早くおいでよ」

声が出ない。磐長と呼ばれた少女はなおも咲耶に話しかける。

「あなたはこっち側の人間でしょ。さあ、おいで。あなたにはするべきことがある。為《な》すべきことがある。さあ、行きましょう……ね」

咲耶は誘《いざな》われるようにその少女の下へとふらり、ふらりと引き寄せられていく。自分が自分でなくなっていくようだった。

――わかっている。これは運命なのだ。私はこのために生まれてきたのだ。でも、じゃあ何故、父様と母様はいなくなってしまったの？　お師匠さまはどこへ行ってしまったの？　なんで、みんな私を守ろうとしたの？

いつかと同じ問いが頭の中を駆《か》け巡《めぐ》る。

咲耶の視界に耕介の顔が浮かぶ。無表情で無機質で無愛想なあの顔が。

耕介は頷いてくれた。信頼してもいいのか、という私の問いに頷いてくれた。なんの力も持っていない耕介が。

耕介なら、理解してくれるかもしれない。わかってくれるかもしれない。魔法のことを、自分の運命のことを。喩《たと》えそれが悠久《ゆうきゅう》の中に挟み込まれた刹那《せつな》の時だとしても構わない。あと少し……あと少しだけこうしていたい。ご飯を食べ、テレビを見て、少し笑って、明日は何をしようと考える生活。

「耕介！」

声は十二畳《じょう》の寝室《しんしつ》に響《ひび》き渡《わた》る。窓から差し込む月光に室内の輪郭《りんかく》を見た咲耶は、そこが新たな住居のベッドの上であることを認識《にんしき》し、深く息をついた。

夜の帳《とばり》の下りた街路は春先を感じさせてくれるほど優しくはない。家路の途中《とちゅう》で、さすがのあすみもキャミソール一枚では肌寒《はださむ》いと見えて両の腕を抱えて二《に》の腕をさする。

「上着いるか？」

耕介は羽織っていたジャケットを差し出す。

「甘《あま》えさせてもらおぅ。でも寒くない？」

「ああ、平気だ」

耕介の上着を羽織ったあすみは、なにやらムズムズ身体を揺らして、突然「ふん！」と気合を入れるようにして先へスタコラと歩いていく。耕介はその後を追っていく。

あすみは振り返《かえ》らずに耕介と等距離《とうきょり》を保ったまま歩きつづける。まるで自分の顔を見られたくないとでもいうように。別に耕介はあすみがどんな顔をしていたって笑うつもりはない。いや、むしろ笑えない。だからといって、内心馬鹿にするつもりもない。あすみだってそんなことは長い付き合いでわかっているとは思う。しかし彼女は努めてこちらに顔を向けないようにしているようだった。

振り向こうとはせず、彼女は口を開く。

「ねえ、私の相談にも乗ってくれるぅ？」

「ああ」

なんの躊躇《ちゅうちょ》もなく耕介は即答《そくとう》する。

相談に乗ってくれる？　と聞いたあすみはしばらく押し黙《だま》ったまま歩き続ける。決して誰にもその表情を見せたくないというように俯《うつむ》き隠《かく》しながら。意を決するように少し顔をあげると明るい口調で彼女は言った。

「あたしねぇ、今度お見合いするんだぁ」

聞きなれない『お見合い』という言葉。耕介が暮らす日常にはあまり縁《えん》のない言葉。でもあすみは自分とは違う。耕介はそのことを知っていた。

「ねえ、耕介ぇ。今どんな顔してるぅ？」

「いつもどおりの顔だよ」

「だよねぇ。安心したぁ」

本当に安心したというようにあすみは忍《しの》び笑《わら》いをもらす。

あすみの家柄《いえがら》は少々特殊であった。耕介が住んでいた地元であすみの家は代々土地を治めてきた藩主《はんしゅ》の家柄で、戦前までは爵位《しゃくい》を持っていた由緒《ゆいしょ》正しい家柄であった。

耕介が住んでいた商店街からは割と近い場所にあすみのお屋敷《やしき》は門を構え、簡単に敷居《しきい》をまたがせてはもらえない雰囲気《ふんいき》を出していた。通学区は同じなのにあすみは地元の子たちとは別の私立中学に通っていたし、接触《せっしょく》はほぼなかったと言っていい。

「急に決まっちゃったんだよね。津幡《つばた》さんっていう人で、家柄は良いし、お父さんもお母さんもこれで肩《かた》の荷が下りるっしょぉ」

「いつ決まったんだ？」

「えへへぇ、今日。耕介たちに会う前に電話があったぁ」

「お見合いはいつ頃《ごろ》なんだ？」

「来週の土曜日。まぁ、断る理由ないしぃ、自分の家のことはずっと覚悟《かくご》してきたからねぇ。そういうものだって思ってたから、ああ来るものが来たなぁ、って感じだねぇ」

そのことも耕介は知っている。あすみは家の事情を幼い頃《ころ》から教えられ、受け入れることを前提に生きてきた。あすみ自身、家同士の結婚《けっこん》はそういう家に生まれたんだから、ちゃんと責任は果たす、と高校時代に語っていたことに嘘《うそ》はないと思う。自由恋愛だけが最上の結婚ではないことくらい、耕介だってわかっている。人と人が同じ家に暮らすということは、そこにいる人間同士の事情があることなのだ。だから、本当にそんな結婚でいいのか、とは聞かない。本人がちゃんと理解し納得《なっとく》しているなら、それでいいと思うのだ。

「なんでこんな話をしたんだぁ……趣旨《しゅし》が変わってしまったぁ」

「別にそれでもいいじゃないか」

話したいだけ。そういう時は誰にだってある。自慢《じまん》でも泣き言でなくても、ただ話しておきたいという時は誰にだってある、と耕介は思うのだ。

「そうか、そうだよねぇ」

耕介の歩く先であすみはいつもの口調で呟く。ただこちらに顔だけは向けず。それから思いついたように「あ、そうだぁ」と言うと
「小さい頃さぁ」

お見合いの話からあすみは突然昔の話を持ちだした。耕介は何も言わない。ただジッと耳を傾ける。

「あたし幼稚園《ようちえん》も小学校も中学校もみんなと違ったでしょう」

「ああ」

「だからさあ、地元に友達《ともだち》がいなくってさぁ。でさぁ、近所に友達欲《ほ》しくって、仲間に入れてもらおうとしたんだよねぇ。でもさぁ、全然うまく行かなかったんだぁ。逆にいじめられちゃってね」

中学生の頃の話だろう。耕介ははっきり覚えている。

「んん？　あたしは何が言いたいんだぁ？　なんだ……何を相談しようとしてたんだぁ」

頭を抱えるあすみは、後ろから見ていてもわかるほど困惑《こんわく》し混乱していた。ただあすみが無理やり明るく振舞《ふるま》おうとしていることが耕介には気がかりだった。

「……ああ、やっぱいいや。面白《おもしろ》くないし、落ちもないやぁ」

そう言うと突然話を打ち切ってしまった。

「話したくないならいいが、話したいなら話しなよ。僕は馬鹿にするつもりはないし」

耕介がそう言うとあすみは足を止める。

「知ってる」

彼女は振り返って笑った。

「そんなこと、ずっと前から知ってるよぅ。ずーっと前から」

アパートに着くとあすみは「ありがとねぇ」と言って中へと消えていった。

その様子を見送りながら耕介は、外が思っていた以上に寒かったことに初めて気がつき手に息を吐きかけながら家路に就いた。

＊＊＊

――そうか、夢だったんだ。

思った瞬間に恐怖が甦《よみがえ》り、咲耶はいてもたってもいられなくなる。ベッドから飛び起きると、耕介のいるリビングに走る。しかし……。

――耕介がいない……。

咲耶は家中を走って電気をつけて回った。どこにも耕介がいない。心臓が止まりそうなほど凍《こご》えた。

さっきの夢のせいだ。いや、まだ夢の中かもしれない。

咲耶はそう思いながらも、必死で耕介を探す。気持ちだけが焦《あせ》っていた。

不安が心を支配しないように、テレビをつける。

「今日はうわさの喫茶店《きっさてん》へ潜入！」

テレビのスピーカーから放たれるコメディアンの明るい声が、広いリビングの中に響き渡る。どこかの街の、どこかの店を紹介《しょうかい》している。

どれくらい時間がたっただろうか。その番組が終わりに近づき、スタッフロールが流れだすと、また不安がぶり返してくる。いてもたってもいられない焦燥《しょうそう》感。

耐《た》えられなくなって立ち上がったその時、玄関《げんかん》の開く音がして冷やりとした。振り返った先に無表情の耕介が立っていた。彼《かれ》を見た途端《とたん》に咲耶はその場に座《すわ》り込んだ。

「どこに行ってたんですか！」

玄関を開けた瞬間に、泣き出す寸前の咲耶が目に入ってきた。取り乱している彼女は自らを顧《かえり》みる余裕《よゆう》がないのだろう。彼女は耕介を見た途端に両の目に涙《なみだ》を浮《う》かべ、みる間にそれは床《ゆか》にぽたぽたとこぼれ落《お》ちる。感情に任せるように耕介に走りよってしがみ付き、責めるように顔を埋《うず》めた。

一体彼女の身に何が起きたのかわからない耕介は言い訳のように
「あすみを送ってきた」

と淡々《たんたん》と返答する。咲耶はそれに腹を立てたのか、しがみ付いた手をさらに強く握《にぎ》り涙をこぼす。

「だったら、私も行きます。起こしてください！」

泣きじゃくりながら耕介を必死で掴《つか》んで離《はな》そうとしない彼女の取り乱し方は、年齢《ねんれい》以上に幼く見えた。

「もう……もう二度とこんなことしないでください」

懇願《こんがん》する咲耶。耕介は彼女が恐怖するものの影《かげ》を見たような気がする。だから耕介は頷《うなず》いた。

「すまなかった。咲耶がどんなことを恐《おそ》れ、何に恐怖するか考慮《こうりょ》もせず軽率な行動だった」

耕介は咲耶の頭に手を当てる。冷え切った手に咲耶のほのかに温かい体温が伝わってくる。玄関の吹《ふ》き溜《だ》まりの寒さの中で、少し落ち着《と》きを取り戻《もど》しながら耕介のシャツに埋めた顔を左右に振って涙をぬぐい、小さな身体を震《ふる》わせている。

「ひゃあ！」

動こうとしない咲耶を耕介は優しく抱き上《あ》げるとリビングまで歩きだした。

「……ちょっと恥《は》ずかしいです」

抱きかかえられながら、顔を隠すようにして咲耶は耕介の服の袖《そで》を握る。

「玄関先《げんかんさき》は寒い。そんな薄着《うすぎ》では風邪《かぜ》を引いてしまう」

涙に濡《ぬ》れた顔を俯《うつむ》け鼻を擦《こす》る咲耶をそっとソファにおろす。

隣《となり》に腰掛け耕介はティッシュを差し出しウーロン茶を勧《すす》める。彼女は一口飲んで深呼吸をする。

咲耶は何かを恐れている。それは一人になることだ。一人になると彼女に一体何が訪《おとず》れるのだろう？　いや、そうではない。何かが訪れたことで咲耶はきっと一人になったのだ。だからこんなにも、一人を恐れているのだ。では、咲耶に襲《おそ》い掛《か》かった恐怖の原因、彼女を一人に追いやったこととはなんなのだろう。

耕介は考える。ウーロン茶を啜《すす》りながら、まだ軽く肩を上下させる咲耶の横顔は、触《ふ》れれば壊《こわ》れてしまう繊細《せんさい》な雪の結晶《けっしょう》がそっと呼吸をしているようだった。

「すみません、取り乱してしまいました」

「別にいい。誰だってそういう時はある」

「でも魔法使いはその時の感情に左右されちゃいけないんです」

無理をしているのを気取《けど》られないように気を張《は》り詰《つ》めている。鼻を啜《すす》りながらも冷静さを強調しようとしている。それは尊大な魔法使いではなく、ただの十三歳《さい》の少女が強がっている姿に他《ほか》ならなかった。

耕介はその様子をただ見つめる。

「いかなる場合も冷静でいなければなりません。それができなければ隔界《かくかい》の扉《とびら》を開けません。開いても魂《たましい》を奪《うば》われてしまいます」

「でも今は開いていない」

「ですが……」

「無理をする必要はない。泣きたいのなら泣けばいいし、怖いのならそう言えばいい。咲耶にはそれができるのだから」

咲耶が耕介の顔を見返す。会った時と変わらない無機質な表情だ。

——僕はこんな時、咲耶に笑いかけることも、一緒に泣くこともできない。

できることなら一緒に笑い、一緒に泣けるのならどんなにいいだろうか。共鳴し、共感しそれ故わかることがあるはずなのだ。彼女の恐怖を、不安を、孤独《こどく》を少しでも知ることができるはずなのだ。

「耕介」

咲耶は耕介の瞳《ひとみ》をじっと見つめる。

それでも耕介は表情が変わらない。変えられない。どんなにうれしくても、どんなに悲しくても。だから
「もし、咲耶がそのことで危険になるのなら……」

その先を聞きたくないと言うように咲耶は首を横に振る。

「言わないでください！」

俯《うつむ》いた咲耶はまた目に涙を湛《たた》えて零れないように必死で我慢していた。

「その先は聞かせないでください！　そしたら、私は耕介を信頼してしまう。私が信頼した人たちはみんな……」

咲耶のうちでは想像の連鎖《れんさ》が止まることなく回転し続け恐怖を生み、連鎖し、次への恐怖を生産し続けているのだろう。だから耕介は言葉を発した。その連鎖を断《た》ち切《き》るために。

「大丈夫《だいじょうぶ》。僕は僕の目から見える世界を守る。だから、目の前にいる咲耶を僕は必ず守る」

ふたたび咲耶の頭に当てられた手は温かく、我慢していた彼女の気持ちが堰《せき》を切って両目から零れ落ちる。

「後悔《こうかい》しますよ！」

「どんな道を選んでも後悔はする。でも、自分ができることを全力でする」

言葉には強い意志が籠《こも》っていた。淡々とした言葉なのに咲耶の心が大きく揺れる。

「咲耶のことが知りたい。咲耶を守るためにもっと知っておきたい」

「知ったら、後戻《あともど》りがききませんよ」

「構わない」

沈黙《ちんもく》が訪れた。しかしそれは重たい沈黙では決してなかった。咲耶が自分の中に溜《た》まった澱《おり》を押し出そうとする沈黙。彼女の拳《こぶし》の上に幾《いく》つもの水滴《すいてき》が落ちる。

涙を拭《ふ》き、鼻をかむ。それから咲耶はゆっくりと話し始めた。彼女の生《お》い立《た》ちについて。

「まず知っておいてもらわなければならないのは、私の家系についてです」

耕介は頷き答える。

「私の本名は木花乃咲耶媛《このはなのさくやひめ》。天孫邇邇芸尊《てんそんににぎのみこと》の妻になった家系の者です」

それは古事記や日本書紀の世界の話だった。

歴史書に残る木花乃咲耶媛は大山祇神《おおやまつみのかみ》の子供で、姉に磐長媛《いわながひめ》がいる。美しい木花乃咲耶媛と醜《みにく》い磐長媛を大山祇神は邇邇芸尊に差し出すが、邇邇芸尊は木花乃咲耶媛だけを娶《めと》り、磐長媛を帰してしまった。大山祇神はそれを見て、邇邇芸尊に一時の栄華《えいが》と繁栄《はんえい》を約束するが、永遠の命は授《さず》けなかったという伝承だ。木花乃咲耶媛は栄華であり、磐長媛は永遠の命であった。

世界にも似た話は幾らでもある。相反する人の欲望の話である。

「でも実際には、私の先祖の木花乃咲耶媛は邇邇芸尊に娶られたわけではないんです」

「古事記や日本書紀に書いていないことがあるのかい？」

咲耶は小さく頷き、言葉を選びながら視線を中空に泳がせる。

「邇邇芸尊は木花乃咲耶媛と磐長媛、両方を自分の下に置きました」

古事記は口語伝承《こうごでんしょう》を文字に纏《まと》めた本邦初《ほんぽうはつ》の文学でもある。ではその間違《まちが》いとは口語伝承だったものを編纂《へんさん》する場合に起きた間違いなのだろうか。あるいは……。

「秘密にしなければならない事柄《ことがら》があるということなのかい？」

肯定《こうてい》するように俯《うつむ》いた咲耶はためらいながら耕介の顔を見た。あどけないほどの幼さが残る顔の中に、少女に背負《せお》わせるには重たすぎる歴史の加重が見えた。

「木花《このはな》は栄華を磐長は永遠の命を。木花と磐長の両家は代々『時詠《ときよ》みの追難《ついな》』を行う一族なのです。年号の替《か》わる折り私たち木花家、磐長家は召集《しょうしゅう》され『時詠みの追難』を行います」

それは咲耶が決して誰かに話してはいけない儀式《ぎしき》の名前であった。咲耶が躊躇《ちゅうちょ》したのはこのことに耕介を巻き込みたくなかったからだったのだろう。耕介は鋭《するど》くそれを察し咲耶の暗く沈《しず》んだ顔を見る。

初めて耳にする儀式の名前。耕介はその名前からいかなる儀式か想像する。

『追難』という儀式は古代中国の疫病神《やくびょうがみ》、病鬼《びょうき》を追《お》い払《はら》う儀式で、日本においては旧暦《きゅうれき》の十二月の晦日《みそか》、つまり現在の節分に行われる宮中行事である。

一般《いっぱん》に浸透《しんとう》してからは豆をまいて、家中の鬼を追い出し、外から福を招き寄せる行事になってしまったが、『追難』という字の通り本来は福を招くわけではなく、鬼を追い出す行事だった。

その『追難』をするための『時詠み』である。

「厄災《やくさい》を避《さ》けるための未来予知ということだろうか?」

「はい。未来に起こることは大まかにですが決まっています。簡単には変わりはしません。どんなに変えようとしても時の力が元に戻そうとします。両家は『時詠みの追難』でこの国に掛かる凶事《きょうじ》を見、そしてどうすれば時の力が及ばないのかを伝えるのです。本来であればこの国はすでに亡《な》くなっていました。今もこうして存続しているのは『時詠みの追難』でこの国に降りかかる最悪の事態を予見し回避《かいひ》してきた結果なのです。それは狭《せば》められた選択肢《せんたくし》の中から最もよい方法のみを選び続けるということ」

沖島教授に借りた本の中にも出てこなかった『時詠みの追難』という儀式。

「『時詠みの追難』は女性にしかできない儀式なんです。明治以降、私の家は一度も女性が生まれなかったんだそうです。儀式が行われず百年以上に亘《わた》って積もったこの国の厄災《やくさい》は限界に来ています。だから……私は……『時詠みの追難』をしに行かなければなりません」

そこまで言うと咲耶は一瞬《いっしゅん》つらそうに唇《くちびる》をかんだ。

「……ただ、経験のないことなのでそれが怖《こわ》かったんです。耕介に話せてよかった。ちょっと落ち着きました」

ほんの少し笑って見せる咲耶。その笑いのぎこちなさ、幼さに耕介の胸は締《し》め付《つ》けられるように痛くなる。

——咲耶は僕にまだ全《すべ》てを語っていない。彼女が何故一人になることを恐れるのか。先日のこと、三年前のこと……何かがあったのだ。咲耶に何かが訪れ、そして彼女は一人になったのだ。ではいったい彼女に何が起きたのだろうか。

魔法という不可思議な存在。

木花家と磐長家。

『時詠みの追難』という儀式。

耕介の中に幾つもの疑問が浮かんでは消え、決してどれからも回答は得られない。幾度同じ考えをグルグルと頭の中で捻《ひね》り回したかわからなかったが、ただ彼女を取り巻く状況をうっすらと認識し、自分がどうするべきか決意を固める。

まだ知らなければならないことがたくさんありそうだ。

そう思いながら耕介が咲耶を見ると、いつの間にか彼女は疲れきったように耕介の肩に頭を預けて眠《ねむ》っていた。

＊＊＊

自分が『時詠みの追難』をするとどうなるのか知っている。

自分が『時詠みの追難』を拒否《きょひ》すればどうなるのか知っている。

それを知ったら、きっと耕介は逃げ出すだろう。いや耕介じゃなくったってそうだ。誰だって怖いはずだ。だけど、今だけでいい。隣に誰かいてほしかった。今だけでいい。

今この場に耕介がいてくれるのなら、いつか来る恐怖を少しだけ紛《まぎ》らわせてくれるなら、それだけでいい。これ以上誰かを巻き込んではいけない。

全部は説明できない。刹那のような間でいいから、次に進めるだけの力をここで回復できればそれでいいのだ。

それは彼女が見た夢だったのか、それとも現《うつつ》との間で考えたことだったのか本人でもわからない。ただ、久しぶりに訪れた柔《やわ》らかな眠気《ねむけ》に身を預けられる幸せを彼女は確かに感じていた。

◇◇◇◇

「なぜあれほど早く動いた？」

『何がでしょう？』

聞き返す受話器の向こうの声は笑っている。

「今夜する必要はないと言っているのだ。それとも上からの命令か？」

重く押し付けるように言うものの、相手は変わらず意に介す様子もなく飄々《ひょうひょう》と言葉を受けながすように忍び笑いをもらす。

「しかも君は姿を偽《いつわ》って、一般人《いっぱんじん》に見られたというじゃないか」

『作戦です。少しでも二人の信頼関係は挫《くじ》いておいた方が、万全《ばんぜん》かと思いましてね』

「君は戦う相手を過小評価しているんじゃないか？」

『いいですか？　最終的に私たちの目的は一緒です。私は場を作る。あなたは、あの娘《こ》を呼び出す。単純にそれだけなのですよ』

「そんな単純なものではない」

『あなたは色々考えすぎなのでしょう。わからないでもないですがね』

感情の籠《こも》らない同情の言葉に憤《いきどお》りを覚えるが、それを呑み下すように受話器の向こうに話しかける。

「あの娘《こ》が然《しか》るべき時に、然るべき場で隔界の扉を開く為《ため》には、一筋縄《ひとすじなわ》ではいかないのだ」

『わかっています。だからあなたは、あなたの仕事をしてください。私は然るべき場を整えますので。では、よろしくお願いしますね』

そう言うと電話は切られた。しばしぼんやりと考え、机にのるコーヒーに手を伸ばし口をつけるが、冷めきった苦みに思わず顔をしかめる。

ドアを叩《たた》く音が聞こえる。チャイムが付いているにもかかわらず、わざとドアを叩いている。こんな早朝から、そういうことをする人間を耕介は一人しか知らない。

——おそらく……いや、間違いなく須崎《すざき》だ。

寝《ね》ぼけた頭の中でそう考えながら反応をしないでいると、ノブに手を掛ける音が聞こえる。同時に須崎のよくわからない歌声も高らかと聞こえてくる。

「開けちゃうぞっ♪　スペアキーで開けちゃうぞっ♪　探偵《たんてい》だーかーらー♪」

それは探偵ではなく泥棒《どろぼう》だと思っていると、玄関でガチャリとドアの開く音がする。どうやら知らぬ間に本当にスペアキーを作られていたようである。

「ぬあっははははは！　どうだ、耕介！　これが探偵のチ・カ・ラだっ！」

探偵職を大いに勘違《かんちが》いしながら一面を覆《おお》う蔦《つた》など気にも留《と》めていない様子の須崎は、家主に憚《はばか》ることなく勝手に上がり込んでくる。

どうやら今日の須崎は気力全快のようだ。なにかあったのだろうか？

その様子を終始返答せずにぼんやりと聞いている寝起《ねお》きの耕介。うっすら目を開けると、視線の先には長身の須崎が驚愕《きょうがく》の面《おも》持ちで体を震わせている。

「……耕介……貴様」

寝ぼけ眼《まなこ》で起きだしの耕介は目を擦《こす》りながら「やあ」と言った。

しばし絶句したままだった須崎は気を取り直すように大きく息を吸い
「やあ、じゃないよ……」

と全身を震わせる。

さすがにいつもと様子の違《ちが》う須崎に気づいた耕介は、身体を起こそうとしてうまく起き上がれない。

それもそのはず。耕介の身体を抱《だ》き枕《まくら》のようにしてしがみ付いた咲耶が彼の動きを封《ふう》じていたのだ。しばらく耕介はそれを見てから須崎に目をやる。

台所に出没《しゅつぼつ》する黒い害虫を追い詰めたような、厳しい視線が降り注いでいる。

「……………いや、違うんです」

「知っているぞ！　電車で痴漢《ちかん》をしたおっさんが最初に言う常套句《じょうとうく》だな」

合点《がてん》がいったとばかりに須崎はそう言うと、目を輝《かがや》かせながら懐《ふところ》から携帯《けいたい》電話を取り出し三桁《けた》の数字を押《お》している。おそらく110であろう。

「ぬふふっ！　過激な行動をするんじゃねーぞ。変なことさえしなけりゃ、名探偵《めいたんてい》は誘拐《ゆうかい》犯《はん》にも優しいのだからな！」

すでに耕介は誘拐犯呼ばわりされていた。須崎は考えを纏《まと》めるように顎《あご》に手をやりながら、ぐるりとリビングを一周する。

「よしっ！　わかった！」

手をポンと打ち鳴らし視線の先に差し出す。耕介と同じ名前の名探偵が登場する映画に出てくる刑事《けいじ》のお約束の仕草にそっくりだ。

「犯人はこの中にいるっ！」

やはり耕介と同じ名前の名探偵のお孫さんがやっていた決めポーズに見えて仕方がない。

しかし、端麗《たんれい》な容姿と187センチの身長がパクリの決めポーズを全肯定してしまうから困ったものである。

耕介は絶句したままその場から動くことができなかった。

「事件の内容はこうだ！　犯人はまだ年端《としは》もいかない少女を家に連れ込み、己《おのれ》の人には言えない欲望を満たそうとしていたのだ！」

耕介は頭を抱えるしかなかった。こうなってしまったら須崎は一通り推理をし終えるまでしゃべり続けるだろう。

須崎はテーブルの上にあった酒《さか》ビンを手に取り、ニヤリとニヒルな笑いを浮かべる。

「なるほど。酒を飲まして酔《よ》わせた上での犯行か？」

昨日あすみが飲み散らかした空の焼酎《しょうちゅう》ビンにウーロン茶のペットボトル。確かにそう見えないわけではない。

すかさず須崎は咲耶の顔を見る。その目元には泣きはらしたような涙の跡《あと》がくっきりと残っている。

「泣いて嫌《いや》がる少女に無理やりか……なんと残忍《ざんにん》な……」

確かにそう見えなくはない。

須崎は悲愴《ひそう》な表情を作って咲耶に向かって手を合わせる。須崎の中で勝手に殺人事件に発展してしまっているようだ。すぐさま須崎はバッと身体を翻《ひるがえ》し

「この犯人は自分の無表情というコンプレックスに耐えられず、鬱屈《うっくつ》した毎日を送っていたのだろう。彼はそのストレスを発散する矛先《ほこさき》が見つからず悩《なや》んでいたのだ！」

大きなお世話である。

「そんな彼はある日インターネットに流れる美少女サイトと出会ってしまったのだ」

この家にはパソコンは設置されていない。

「パソコン内の美少女サイトだけが彼の心の支えだった。美少女だけが自分を現実から逃《とう》避《ひ》させてくれる唯一の救いだった。しかし、彼はある日、仮想現実だけでは物足りなくなってしまったのだ！」

「待ってください。僕は須崎の中でどれだけの凶悪犯《きょうあくはん》になってるんですか！」

ひどい妄想《もうそう》だ。推理なんて一個もしていない。さすがに耕介も口をはさんだが、須崎はすぐさまそれを一蹴《いっしゅう》する。

「ふん、何を言いやがる。顔色一つ変えずにとんでもないことしやがって」

「顔色が変わらないのはいつものことです、とにかく事情を……」

と言いかける耕介の耳元に少女が寝言《ねごと》を言う。

「……もう二度とこんなことしないでください」

それは昨日、帰ってきた耕介に咲耶が言った言葉だ。夢の中で同じ光景を思い出《だ》しているのかもしれない。須崎の目がより一層輝きを増した。耕介にがっくりうなだれる。

「ぬあはははは！　もう逃げられんぞ！　耕介！　逮捕《たいほ》だあっ！」

大泥棒《おおどろぼう》の三代目を追い詰めたインターポールの決め台詞《ぜりふ》とともに、須崎の高らかと響き渡る馬鹿笑《ばかわら》いが室内にこだまする。さすがに目が覚めた咲耶は事情が読み取れず、宥《なだ》める耕介をしばらく呆然《ぼうぜん》と見ていた。


自分の推理を完遂《かんすい》しきった須崎は満足したのか、耕介の説明を聞くともなく右から左へボケッと聞いていた。

「まあ、耕介の言うことが本当だったとして」

「本当です」

「じゃあ、例えば本当だとして」

「例えば、はいりません」

「いらないとして」

どうでもいいことのように須崎は足を投げ出して鼻をほじくったりしている。ここまで来ると美形の無駄《むだ》使い。水道の蛇口《じゃぐち》をひねって一年間海外旅行に行くようなものだ。

須崎は全く興味がなくなったのか面倒《めんどう》くさそうに結論を口にする。

「とりあえず耕介はロリコンだった、ということでいいんだな？」

「まったく良くないですね。いったい何を聞いていたんですか」

まあ、なにも聞いていなかったのだろう。

「総合的にそうとしか判断できないじゃないか」

「やめてください、そういう位置づけは」

聞いていた咲耶は耕介を見る。

「耕介はロリコンなんですか？」

「何コンなんですか？」

「違う」

「コンはつけなくていい」

「ロリ？」

「……いや、だから」

耕介はため息を吐《つ》きながら「あすみ以上のややこしさだ」と思ったが口には出さずにいた。ただ、これは不幸な偶然《ぐうぜん》が重なった大きな勘違いであることを説明すると理解したのか、須崎は思い出したように当初ここに来た目的を話し始めた。

「さて耕介。本題に入ろうじゃねえか」

本題、とはきっと今日須崎が無性《むしよう》に元気なことに関係しているのだろう。そしてそれはおそらく、須崎が考える、探偵らしい仕事が来たと捉《とら》えて間違いはない。

須崎はチラリと咲耶を見る。視線に気づいた咲耶は「気にしないでください」と言って、一緒《いっしょ》に聞く気満々で席を外そうとはしなかった。須崎もそれ以上咲耶に何か要求するようなそぶりも見せずに話し始める。

「失踪《しっそう》事件が起きた！」

「失踪……ですか？」

人探しということなのだろう。たしかに探偵がする仕事らしいと耕介は思ったが、須崎の次の言葉を聞いて、すぐさま考えを改めることになった。

「昨日の深夜一時三十分頃、新宿の東口、うちの探偵事務所の前で三人連れで歩いていた若者のうち二人が突然《とつぜん》消えた」

「突然消えたってどういうことですか？」

「そのまんまだ。足元から地面に解けるように消えちまったらしい。大急ぎでうちの事務所に駆け込んできて、話を聞いて警察に連絡《れんらく》したが、警察は取り合っちゃくれねえ。流れで俺《おれ》がその調査をすることになった！」

正確には須崎の所属する探偵事務所が調査をすることになったのだろう。

「さあ、耕介。犯人は誰だ？」

いきなりもへチマもない質問だ。耕介はため息をつきながら須崎に聞く。

「落ち着いて状況《じょうきょう》を説明してください。そもそも犯人がどうのって話じゃないでしょう」

「……いや、そうでもねえんだ」

耕介の言い分に、ニヤリと須崎は笑って返す。

「その二人が消える前に三角の帽子《ぼうし》をかぶったガキが現れたそうなんだ。人通りもないこんな夜中に何ごとだろうと三人が思っていたら、そのガキが手をかざしてきて、次の瞬間には二人がいなくなっていた……ってわけだ」

「子供……ですか？」

「ああそうだ。これくらいって言ってたから、たぶん140センチくらいだろう」

須崎は手で高さを示す。たしかにそれくらいだろう。

「俺の推理が間違っていなけりゃ、これは新手のおやじ狩《が》りだな！」

「子供が犯人だからおやじ狩りだと……？」

「ぬふふ……最近じゃ話題に上がらなくなったが、マスコミが騒《さわ》がなくなっただけで、昔と変わらず今でもあの手この手でおやじ狩《が》りは行われてるからなあ」

確かに一時期のようにその話題にマスコミは飛びついては来ない。もうそういったものは日常として扱《あつか》われてしまっているのだ。耕介はこめかみに指を当てる。

「須崎にしてはまっとうな推理ですが、でもやはりおかしいですね」

「なにが？」

「須崎の言う通りなら、金銭を巻き上げることを目的とした犯罪ということになる。でもそれなら失踪、蒸発させる必要はない」

「それはおまけだろう。グリコみたいなもんだ」

と言って豪快《ごうかい》に笑う。なぜ須崎は一番重要な核心《かくしん》部分で論理崩壊《ほうかい》しているのだろうと、耕介はため息をつくしかなかった。

目的は金銭ではなく、人を消すことが目的なのだ。では何のために？　耕介はこめかみに人差し指を当てて考えるが、その目的も方法も見えてこない。

――いや、方法ならけっしてないわけではない。例えば咲耶が昨日使った黒衣を掌《てのひら》サイズにした魔法なら……。

耕介は立ち上がり本棚《ほんだな》から『魔術《まじゅつ》研究・総論　上』を取り出しページをめくる。

『消失系魔術目・類似《るいじ》現象の手引き
土遁《どとん》……分類：妖術《ようじゅつ》。使用精霊《せいれい》数：０。物を一時的分解するが完全な再構成は不可能。

　重力との密接な関係が予想されるが詳細《しょうさい》は不明。実際に土に溶《と》けるわけではないが、術式が整うと重力場に近い場所から順に消えていく。血撰《けつせん》の有無《うむ》により使用の可能不可能が分けられる』

おそらくこれなら可能だ。わからない個所《かしょ》もいくつかある。『妖術』『血撰』という単語についての説明はこの本の中には書かれていない。それが何を示唆《しさ》しているのかは想像で埋めるしかない。しかし須崎の話を聞く限りこの土遁に当てはまる事柄が幾つもある。

耕介は咲耶に目を向ける。その咲耶は落ち着いた様子で須崎に質問を投げかけた。

「この事件をどうするつもりですか？」

「真相究明！　失踪者《しつそうしゃ》救出！　犯人逮捕！」

明快に須崎が答え、Ｖサインをする。しかし咲耶は断定するように呟《つぶや》く。

「たぶん無理だと思います」

咲耶の言う無理とはどういうことか？　失踪した人たちは出てこないということか？

「ふ〜ん」

ジッと咲耶を見つめる須崎。三人の間に張り詰めた何かが立ち込める。

「お嬢《じょう》ちゃん、何か知ってんのか？」

「…………」

咲耶は答えない。目をそらし机の端《はし》を見ているだけだった。

「な～んかお譲《じょう》ちゃん、うちの事務所の奴《やつ》らに似てるなあ。なんだろうなあ……」

考えがまとまらないのだろうか、須崎の目はだんだんと胡乱《うろん》になっていく。

咲耶をぼんやり眼《まなこ》で見つめる須崎は再び口火を切る。

「なあ、耕介は昨日の夜の……え～っと……一時三十分頃はなにしてたんだ？」

「友達を家に送っていました」

「じゃあ、そん時この嬢ちゃんは？」

「…………家で寝てましたよ」

「…………ふ～ん」

須崎の質問は明らかに咲耶を疑っているように聞こえる。しかしこのぼんやり眼《まなこ》の場合の須崎は質問したこととは別の方向に興味がいっている。長く付き合ってきた耕介の勘《かん》だ。この顔をしている時は統計的に100％まったく別のどうでもいいことを考えている。

しかし胡乱《うろん》な須崎の質問の内容は、耕介が気にかけている内容でもあった。

三角の帽子。

140センチくらいの身長。

一時三十分頃。

昨日、耕介が家を空けてあすみを送って行っていた時間帯。

帰った時の咲耶の慌《あわ》てよう。

『たぶん無理だと思います』

取ってつけたようにすべてが咲耶に符合《ふごう》する。

——いや、それでも何かがおかしい。何がおかしいんだ？

耕介の頭脳はキーワードたちから導き出される矛盾《むじゅん》をはじき出そうとするが、その中に矛盾は生じない。

——違う。矛盾が生じないことがおかしいんだ。できすぎているのだ。まるで僕《ぼく》にだけ気づかせるような符合の仕方じゃないか。矛盾点《むじゅんてん》があるとすれば、そこだ。目的がわからない。これは結論じゃない。咲耶と新宿区の事件は繋《つな》がっているように見えているだけだ。

「須崎、どうやらまだ僕には結論の出るような考察は出てきません。後日情報が入ったらまたお願いします」

「あーっそう」

脱力《だつりょく》した返事をしながら須崎は立ち上がり上着を取りあげると、懐《ふところ》から何か鉄の塊《かたまり》のようなものがゴトンっと転がり落ちる。

「……須崎、これは？」

「ん？　どうした」

どうしたではない。須崎の懐から転がり落ちたのは間違いなく拳銃《けんじゅう》である。

「おもちゃ……ですよね?」

「いや。本物」

と首を振る須崎は、悪びれる様子もなく拳銃を拾い上げる。

「なぜ一介《いっかい》の私立探偵が拳銃を所持しているのでしょうか?」

須崎は聞かれたことの意味を理解していないのか首をひねり、咲耶は怯《おび》えるあまり耕介の背に隠《かく》れる。

「だって、探偵って拳銃持ってるもんだろ?」

そもそも浮気《うわき》調査だの人捜《ひとさが》しだの身辺調査だのを生業《なりわい》とするのが探偵である。拳銃がいるはずもない。

「一般市民が拳銃を持っていたら即逮捕《そくたいほ》でしょう」

「一般市民じゃない! 探偵だ!」

探偵は一般市民だ。しかし、須崎の頭にはその論理はないらしい。

「いいか、探偵という職業は個人的に市民を守る正義の集団なんだぞ」

「だいぶ歪《ゆが》んだ先入観と言っていいでしょう」

「そう言って所長がこれくれたんだぞ」

拳銃斡旋《けんじゅうあっせん》の犯人は須崎の事務所の所長のようだ。とんでもないことをする。

「残念ながら私立探偵の拳銃所持は犯罪です」

「犯罪だったら耕介だって婦女暴行、強制わいせつ、略取、誘拐《ゆうかい》、児童買春、青少年保護育成条例違反《いはん》、拉致《らち》監禁《かんきん》だろ！」

負《ま》け惜《お》しみを言うように須崎は耕介に罪状を並べたてる。

「罪状が多すぎです。それにそれは誤解だとさっき説明したじゃないですか。いいですか、この国での拳銃の所持は認められていないんです。見つかったら即逮捕ですよ」

「でも……かっこいいじゃないかっ！」

子供の言い訳以下の返答だった。

「所長さんにもお話しして拳銃の所持はしないように取り計らってもらってください。私立探偵が拳銃所持で逮捕なんて洒落《しゃれ》になりませんよ」

「…………はい」

涙目の須崎はふらりと部屋を後にしていった。

須崎が去った後、耕介は確認《かくにん》しなければならないことを考える。須崎の事件についてではない。咲耶に関することだ。やはり出かける必要がある。

携帯電話を手に取ると、背中越《ご》しに肩に手を突《つ》いて咲耶は、誰《だれ》にかけるのかというようにディスプレーを覗《のぞ》き込む。

『もしもーしぃ！　なにぃ？』

2コールほどであすみが電話口に出る。昨日途中《とちゅう》で寝てしまった咲耶は、知っている声が聞こえてきたからか、目をキラキラさせている。耕介の耳元に当てられた携帯電話の声を聞こうと耳をそばだてているのが手に取るようにわかる。携帯電話も珍《めずら》しいのだろうな、と耕介はほほえましい気持ちになる。

「ちょっと頼《たの》みがあるんだが」

『いいよぅ！』

電話に出たあすみは用件も告げていないのに快諾《かいだく》し、十三時に最寄《もよ》り駅で待ち合わせをする約束をして、耕介は電話を切った。

「咲耶」

「はい」

「僕はこれから大学に行かなきゃならないんだけど」

「行きます！」

「うん、そうなんだけど条件があるんだ」

「はい」

「自分たちの状況を知っている人間はまだごく一部だし、一人一人に自分たちの関係を説明して歩くわけにはいかない。そんなことをしていたら日が暮れてしまうし、本当のことを話せば咲耶の魔法《まほう》のことにも触れなければならない。それは大変具合の悪いことだから、ここは僕の親族親戚《しんせき》ということにした方がいいと思うんだが」

「なるほど、そうですね」

うんうん、と頷きながら咲耶は握った手の甲《こう》を顎にあてる。

「わかりました。そうしましょう」

「当《あ》たり障《さわ》りがないところで、姪《めい》だということにしようか」

耕介の提案に咲耶は「はい」と授業参観の日に張り切る小学生のように、勢いよく真《ま》っ直《す》ぐ手を挙げる。

「なんだい？」

「お兄ちゃんじゃダメですか？」

思わずこめかみに指を当てる。思考しているわけではない。ちょっと困ったのだ。兄妹《きょうだい》に見えるだろうか？　無愛想な兄と、年の離れた美少女の妹。やはりそれはおかしい気がしてならない。

「ダメでしょうか？」

見上げる純粋《じゅんすい》で無垢《むく》な瞳に、表情一つ変えず内心だけ気圧《けお》される。気を取り直しながら耕介は聞き返す。

「ダメ……ではないんだけど、しかし、何故突然《なぜとつぜん》？」

「昨日のテレビでやっていました。最近の文化で、喫茶店《きっさてん》などでは給仕《きゅうじ》の姿をした人が、お客さんの男性をお兄ちゃんと呼んでいました。世間一般ではそういうのは大変好ましいのだと、テレビで言っていましたので」

耕介は依然《いぜん》こめかみに指を添《そ》えて離さない。

昨日、そんな番組がやっていただろうか？　耕介の脳はあすみと三人で見ていた番組を思い出すが、そんなものはやっていなかった。瞬時《しゅんじ》に頭を新聞の番組欄《ばんぐみらん》に切り替えると、確かに深夜にそれに該当《がいとう》する番組があったことを思い出す。

そうか、あの番組を咲耶は一人で見てたのか。深夜枠《わく》だからといって、あまり常識のようにそのような電波を流されてしまっては、咲耶にいろいろ悪影響《あくえいきょう》だな、と考える。

その横で咲耶はもじもじと言い訳を言うように呟く。

「私としては……その、昨日、話を聞いてもらったお礼のつもりで……他意があるわけじゃないんですよ。耕介が嫌だったら別にいいんです。いいんです……別に」

咲耶はもどかしそうにテーブルに『の』の字を書いている。

「耕介はそういうのは嫌《きら》いでしたか？」

「好《す》き嫌《きら》いの問題ではないのだけれど……」

「あれはやはり給仕の身分の人たちの言葉だったのでしょうか？」

「そうではないのだけれど……」

「ダメなら……諦《あきら》めます。残念です」

「…………構わないか。いいよ、大学に行く時は兄妹ということで」

咲耶の顔がパッと明るくなる。

うれしそうに、うんうん、と頷《うなず》きながら、自分の提案が受け入れられたことを確認しガッツポーズをとる。そんな咲耶を見ていると微笑《ほほえ》ましくも優《やさ》しい気持ちになる。気持ちだけである。顔は動かないのだから。

駅前に着いたものの、あすみの姿はない。耕介は時計を見ると五分前。あすみはだいたい遅刻《ちこく》してくる。いや、定刻通り来たことはかつて一度もない。

「学校へは何をしに行くんですか？」

「勉強をしにだよ」

「毎日ですか？」

「じゃあ、毎日ついていきます」

「毎日だな」

咲耶は何度も頷きながら、決心を固めているようだ。学校というものにも興味があるのだろうか。いろいろ知ろうとしている咲耶の変化に気づいた耕介はうれしくなる。自分がどれほど彼女《かのじょ》に影響《えいきょう》を与《あた》えたかはわからない。そんなことはむしろどうでもよかった。彼女が何かを知ろうとしている姿がうれしかった。

知るということは、明日に繋がる何かを得ることだ。

知ろうとすることは、明日へと今を繋げていく行為《こうい》だ。

明日へと繋げていこうとする時、人は不安や絶望から僅《わず》かでも解放される。

咲耶から不安や絶望を完全に消すことはできないだろう。でも、少しでも彼女が背負う重荷が軽くなるのなら、と耕介は思うのである。

「耕介……えっと、お兄ちゃん」

「なんだい？」

「あすみもこれから来るんですか？」

「うん」

「あすみもおんなじ学校なんですか？」

「いや、違うけど」

「そうなんですか……」

咲耶はそう言いながら周りに目を移す。キョロキョロと周りを見ては目を見開く。どれも珍しい光景なのだろう。父や母と暮らしていたと言っていた。隔界で師匠《ししょう》と暮らしていた、とも言っていた。そこがどんな光景であったか耕介にはわからない。だが、咲耶を見ているかぎり、今とはだいぶ違う所であったことは想像できる。

「お兄ちゃん、あれはなんですか」

咲耶が指差すものはたい焼きの屋台だった。

「たい焼きだよ。食べたいのか？」

「いや、そういうわけじゃないですけど……」

という彼女の顔には明らかに食べたいと書いてある。須崎が来たこともあり朝食を食べていない彼女の腹内のセンサーは、おのずと食べ物の屋台に向いている。

「この後お昼ごはんを食べるから、買っていって食後に食べるか？」

と耕介が言うと何度も頷いて、たい焼きの屋台へと駆《か》けて行った。耕介はたい焼きを三つ買い求めて咲耶に渡《わた》す。そっと中を見て「おお魚の形」と感嘆《かんたん》をもらす咲耶。

「ごはんの後だからな」

「はい。ありがとうございます。お兄ちゃん」

礼儀《れいぎ》正《ただ》しくお礼を言ってはにかむ咲耶の愛らしい姿は、自分を顧《かえり》みてやはり兄妹にはちょっと見えない。

駅の改札前に戻ろうとすると目の前にはあすみが到着《とうちゃく》していて、同時に硬直《こうちょく》していた。

「おに、おに、おにいちゃん！」

耕介は相変わらずの表情のまま目をつむり天を仰《あお》いだ。

「あすみがいたのだった……軽薄《けいはく》すぎた……」

あすみも耕介と同じく目をつむり天を仰ぐ。

「ここまで病気が進行していたんだねぇ。ごめんよぅ、気づいてあげられなくってぇ」

「耕介は……お兄ちゃんは病気なんですか？」

あすみは「お兄ちゃん」という単語に敏感《びんかん》に反応しながら身を震《ふる》わせる。咲耶は心配そうに耕介を見上げるが、もちろんなにも異常があるわけではない。

ただ、あすみはそんな耕介を汚《きたな》いものでも見るように咲耶を抱きよせながら距離《きょり》を置く。

「そうだよぅ、重病だよぅ。人としての尊厳と理性を失う病気だよぅ」

「な、なんていう病気なんですか？」

「心因性擬似《ぎじ》家族依存症候群《いぞんしょうこうぐん》の中でも、もっとも重く依存度《いぞんど》が高い病とされるシチュエー

ション８、『愛に血のつながりなんて関係ないわ』状態だわぁ。もう、取り返しがつかないよぅ。今の私じゃ耕介を助けてあげることはできないのよぅ……」

よよよ、と泣きまねをするあすみに、心配顔の咲耶が寄《よ》り添ってチラッと耕介を盗《ぬす》み見てくる。

「いい加減にしとけ」

「はい、ごめんねぇ」

さすがに昨日の再戦を始めても仕方ない。咲耶が話に入って来ると輪を掛けておかしな方向に話が展開する。ここで止めておくべきだと耕介はあすみを制止する。

だが状況を呑み込めていない咲耶は依然心配そうな顔をする。

「耕介は死んじゃうんですか?」

「だいじょうぶだ、死なない。あすみが言ってるのは全部うそだから気にするな。お前をからかっているだけだ」

「そうなんですか?」

咲耶が見上げるとあすみはケラケラと笑いながら

「ごめんねぇ、咲耶ちゃん。もう、咲耶ちゃん可愛《かわい》すぎて構わずにはいられないんだよぅ」

と言って咲耶に抱きついた。耕介は気に留める様子も見せず、近くのファミリーレストランに行こうと二人を促《うなが》して歩き始める。

ファミリーレストランは駅から目と鼻の先だ。

耕介が席につくと対面の席にあすみと咲耶が並んで座《すわ》る。どうやらあすみは咲耶をいじるのが楽しくて仕方ないようだ。咲耶は咲耶で嫌な顔をせず素直《すなお》にいじられている。

店員がメニューを持ってくると耕介とあすみはランチセットに決定する。咲耶はというと子供のメニューのページでずっと手が止まっていた。咲耶の目はケチャップでオレンジ色に染まったチキンライスの上に高々と掲《かか》げられる国旗の部分にピンポイントで吸い寄せられていた。

「咲耶ちゃん残念。これは小学生までだよぅ」

と聞いて落胆《らくたん》の表情を浮かべる咲耶。

結局咲耶もランチセットに決定し、手早く食事を済ませる。その後電車に乗り耕介の通う国立大学へとやってきた。

「ひゃおぅ！　他大学っていいねぇ！　ってか広いねぇ！」

咲耶以上にはしゃぎまわるあすみは目立って仕方ない。何千人もの生徒を抱《かか》えるキャンパスは途轍《とてつ》もなく広い。学科ごとに棟《とう》が分けられていて、耕介自身行ったことのない棟のほうが多い。

「じゃあ、あすみ頼む」

「はいよぅ！」

「咲耶もすぐ戻《もど》ってくるから、ちょっとだけ我慢《がまん》しててくれな」

「はい……でも、早く戻ってきてくださいね」

見上げる咲耶に耕介は頭を優しく撫《な》でる。

「なんだか、あれだねぇ。新妻《にいづま》みたいな台詞だねぇ」

「お前は余計なことを言うな」

「はいはい、よし、咲耶ちゃん、遊びに行くぞぅ！」

遊びに来ているだけのような学生だって沢山《たくさん》いるが、さすがにあすみのように大声で公言するような学生はいない。少なくともここは学研の徒がくる学び舎《まなびや》なのだ。

あすみは咲耶の手を引っ張ってグングン行ってしまう。

手を引かれながら咲耶はちょこんと振り向《ふむ》いて、少し手を振った。

遠くなっていく咲耶に耕介も少し手を振った。

ドアをノックすると中から「どうぞ」という返答が返ってくる。

「入ります」

耕介が中に入ると、沖島教授は立ち上がりインスタントコーヒーをマグカップに注ぐ。テーブルの上にコーヒーが置かれ座るように促《うなが》される。しかし耕介はそれには手を付けず、沖島教授に向かう。

ここに耕介が来ることがわかっていた、というように沖島教授は落ち着いてコーヒーを一口飲む。

「早かったね、やはり君は優秀《ゆうしゅう》だ」

耕介は頭《かぶり》を振る。

「咲耶のことについていくつかお聞きしたいのですが」

「何処《どこ》までわかっているのかな？」

「予測の範囲《はんい》を出ていません。その確認を含《ふく》め質問にまいりました」

「……ふむ」

沖島教授はイスに深々と腰《こし》を落ち着けると、耕介に片手を差し出し話すように促す。

「まず咲耶がいた世界についてお聞かせください」

「いいでしょう。彼女は元々こちらの世界の人間です。十歳《さい》まではこちらの世界で暮らしていました。世間とは隔絶《かくぜつ》されていたものの、両親と一緒に暮らしていた」

「では十歳以降はどこにいたんですか？」

「聞いているだろうね。隔界と呼ばれる狭間《はざま》の世界で彼女の魔法の師匠と暮らしていた」

咲耶の言っていた非物質の光を放つ世界。魔法を魔法たらしめる光を放つ世界。そこに三年間いたということだろうか。

「私たちが住む唯物論《ゆいぶつろん》の世界、物質が支配する世界に対し、隔界というのは字の通り隔《へだ》てる世界。非物質と唯物《ゆいぶつ》を分ける狭間の世界。咲耶が使う魔法はその中間である隔界の抑《おさ》えられた力を使った術式になります」

物理学の権威《けんい》である沖島教授の発する言葉を、昨日までの耕介ならどこまで受け入れることができただろうか。しかし今なら受け入れることができる。咲耶の魔法を前にして、それを否定する論理を耕介は考えない。目の前で起こったことを嘘《うそ》だと決め付けて見なかったことにするほど、耕介の脳は頑《かたく》なではなかった。

「……では咲耶はなぜ隔界へ行かなければならなかったのでしょう？」

風になびいた葉の擦れる音だけがざわざわと室内に漏《も》れてくる。心地《ここち》よい春の息吹《いぶき》たちの声も今の耕介の耳にはザラついて聞こえる。

「それは……やはり『時詠みの追難』に関《かか》わることと考えていいのですね？」

「……彼女はそこまで君に心を開いたのか？」

信じられないものを見たように沖島は瞠目《どうもく》する。

「教えてください。咲耶は一人になることを恐《おそ》れています。それは『時詠みの追難』に付《ふ》随《ずい》して彼女に何かが起こったのだということはわかります。僕はその事実を知りたい」

沖島教授は回想するように窓の外を見つめる。木々のざわめきが止《や》む。

「大倉《おおくら》君。知るということは時として危険を伴《ともな》うこともあるのだよ」

「構いません」

耕介はきっぱりと言い放つ。沖島教授は諦めるように首を振った。

「君は『時詠みの追難』についてどこまで知っているのだね？」

「未来に行き、この国にどんな災《わざわ》いが起きるかを見てくる……そういうものだと」

「物理学的に言わせてもらえば、一つとして時を超《こ》えたという実証例はない。しかし理論だけならあります。できるかできないか実証されていない計算式だけならいくらでもある」

しかしそれらはどれも宇宙規模のエネルギー、光を歪めるほどの重力場を持って、時空を捻《ね》じ曲《ま》げるというような理論ばかりである。

それを生身の人間がするということ。つまり……。

「つまり彼女がそれを行えば、必ず大きなリスクが追従《ついじゅう》するということ」

「それはどういう……」

「今まで生きた記憶《きおく》を失い、命を削《けず》られるということです」

喉《のど》の奥《おく》がヒリついた。言葉が出てこない。耕介の脳裏《のうり》に楽しそうに笑う咲耶の顔が浮かんだ。

「儀式《ぎしき》を行えば未来の知識のみを得てそれを伝え、五、六年ほど生き、そして死んでいく」

初めて食べるものに目を輝かせる咲耶の顔が浮かぶ。

「咲耶の両親も、魔法の師匠もあの娘《こ》をその因習から守ろうとした。結果彼《かれ》らは犠牲《ぎせい》とな
り、そして咲耶はまた一人になってしまった」

耕介の隣《となり》で眠《ねむ》る咲耶の顔が浮かぶ。

「執行《しっこう》機関は痺《しび》れを切らし、彼女が『時詠みの追難』をしないのなら殺しても構わない、
という姿勢を取りだしました。だから咲耶を守り通すことは私たちにはもうできない。間
もなく、執行機関が君の元に近づくでしょう。君は抵抗《ていこう》せず、彼女を差し出しなさい」

咲耶のはにかんだ笑顔《えがお》が浮かぶ。

「どうかそれまで咲耶に普通《ふつう》の……人の生活をさせてやってください」

目に映るものに興味を示す咲耶の顔が浮かぶ。

「決して歯向かおうなどと考えないでくれ。大倉君」

咲耶はこれから先、たくさん笑うだろう。たくさん涙を流すだろう。たくさんのことを
知り、挫折《ざせつ》し、また立ち上がり、そして歩き出すだろう。万人《ばんにん》と変わらぬ日々の山や谷に、

時に迷い、悩み、気づき、喜び、悲しみ、それでも明日に向かって生きていくのだろう……耕介はそう思っていた。喩《たと》え魔法という不可思議なものが彼女に備わっていたとしても、そんなものは些細《ささい》なことなのだ。手先の器用な人がいるように、話がうまい人がいるように、魔法が使える咲耶がいるというだけだ。

ただ、『時詠みの追難』だけは違う。

咲耶が得るべき全てを、希望さえも奪《うば》っていくことなのだ。

気がつくと耕介は立ち上がっていた。感情を表現できないのだとしても、意志だけは伝えねばならない。自分がそうしようと決意した意志を。

「守ります。何があろうとあの娘を、咲耶を守ります。これが最後になんてさせません」

「しかし、それは……」

「最後に一つ教えてください」

彼は口を噤《つぐ》み、耕介に話すように促す。

「咲耶に『時詠みの追難』をさせようとしている執行機関とはどんな組織なんですか？」

言葉を渋《しぶ》るように沖島教授はその組織の名前を口にする。

「……リニエッジ機関という組織です」

リニエッジ……つまり氏族。共通の血縁《けつえん》関係の集団。しかし単に血縁関係のみで結ばれた集団を指しているのではないことは、耕介にも察しがつく。

「昔から財閥《ざいばつ》や資産家、国までもが資金を提供している秘密結社です。機関要員たちは完全秘密主義で誰にもその存在を知られぬように行動する組織です。リニエッジ機関の歴史は古く、起源は大和《やまと》王朝の前身の頃《ころ》からとされます。もちろん木花乃《このはなの》咲耶《さくや》媛《ひめ》の一族もこの機関に属《ぞく》します。彼らは長きにわたり、国を裏側から支えてきた機関でもあり、そして『時詠みの追難』によって得た選択肢を実行してきた者たちなのです。時として国よりも大きな力を持って……」

咲耶が背負《せお》い続けていた強大な歴史という存在の影《かげ》を認識《にんしき》した耕介は、変わらぬ表情のまま、強くこぶしを握《にぎ》りしめた。

西日に照らされながら校門の前で耕介は時計に目をやる。約束の時間にちょうど五分遅《おく》れであすみが咲耶の手を引いてやってくる。耕介は早足で二人のもとへ駆け寄る。

「ずいぶんあすみに懐《なつ》いたな」

「耕介！」

咲耶も駆け寄り耕介に飛びつく。あすみはその様子を見守りながら言う。

「おう、待たせたねぇ。どうだったのぉ？」

「ああ、用件は済ましてきた」

「ほうほう、まぁ、ならいいんじゃないの。こっちはこっちで楽しかったもんねぇ」

とあすみは咲耶に笑顔を振ると、「はい」と元気な返事をかえす。

「さあさあ、耕介おごりのディナーに行こぅ！　おうっ！」

「はい！」

すっかりあすみに懐いてしまった咲耶が彼女に賛同する。それを見ていた耕介は財布《さいふ》の中を確かめてため息をつく。

「買い物して帰って食べるぞ。外食するほど余裕《よゆう》があるわけじゃないんだ」

「えぇー!?　うっそぉ！」

あすみがブーブー言うのを宥める。その様子を咲耶はうれしそうに眺《なが》めている。

「うおぅ、おごれぇ！　あたしを敬《うやま》えぇ！」

「感謝はしているよ」

「その感謝の心を、財布の紐《ひも》を緩《ゆる》めるという表現手段で示せぇ！」

暴れるあすみに手を焼いていると耕介の服の裾《すそ》を咲耶がひっぱりつぶやく。

「私は……家でもいいです。耕介の料理が食べたいです」

それを聞いたあすみは目をキラキラさせて、思いっきり咲耶に抱きついて頬《ほお》ずりをする。

「そうかそうか、咲耶ちゃんがそう言うなら仕方ないよねぇ。じゃあそうしようかぁ」

掌《てのひら》を180度返してあすみはニコニコ顔になる。仲のいい姉妹がじゃれあっているようにしか見えない。その様子を眺めていると、先ほどまで沖島教授と話していたことが嘘なんじゃないかという錯覚《さっかく》すらする。

だがそれは錯覚ではない。咲耶の中にはそれでも『時詠みの追難』が大きく、動かし難《がた》い姿で横たわっているのだと思うと、耕介の胸中はざわついた。

ふとそんな自分に目を向ける咲耶が心配そうな顔をする。

「耕介……お兄ちゃん、なんだか寂《さび》しそうです」

そう言われた耕介は少し考える。

「一緒に笑えたら、とは思うけれど寂しくはないよ」

正直な答えだった。笑ったり怒《おこ》ったりを共有できたらどんなにいいだろう。でも今の自分にはできない。悲観することではないが、喜ばしいことでもない。でも、寂しいわけではないのだ。

耕介の手を取り引っ張りながら、咲耶はあすみと回った校内の話を楽しそうに始める。

耕介は何も言わずその話に耳を傾《かたむ》ける。彼女が今日どんなことをし、どんなことを思ったのか。咲耶もうれしそうにあすみと回った学内のことを一つ一つ話していく。

と、その時携帯《けいたい》電話の呼び出し音が響《ひび》く。耕介の音ではない。あすみを見ると「ごめんと」手で憚《はばか》りを入れて、電話を耳にあてて距離を置くようにどこかへ歩いていってしまった。耕介はあすみを待つことにして近くのベンチに腰掛《こしか》け、隣に咲耶を座らせてやる。一通り話し終えると咲耶は校舎を見上げる。チラリと咲耶は耕介を見て、再び校舎の方に目を向けた。

夕日で真っ赤に映し出された建物は昼の姿とは別の光景のようだった。

――話さなければならないのだろうな。

長く伸《の》びる校舎の影に目を向けながら耕介は口を開《ひら》く。

「咲耶」

耕介の声色《こわいろ》がいつもと違うことに気づいた咲耶は、大きな瞳を少し伏《ふ》せながら耕介と同じ影を見つめる。

「……………はい」

咲耶は気づいているのだろう。彼女に関わる『時詠みの追難』について耕介が知ってしまったことを。

「大切なお話……でしたよね。お聞きになったんですか？」

耕介は否定も肯定《こうてい》もしない。できることなら思い出させたくはなかった。それは咲耶にとってとても辛《つら》いことに他《ほか》ならない。でも、話さなければならなかった。

「お父様とお母様のこと……それからお師匠様のこと。私のせいで周りに多大な迷惑《めいわく》をかけてしまいました。昨日取り乱してしまって、すみませんでした。そういった次第《しだい》があったからなんです」

彼女は微笑んだ。

「本当にごめんなさい。大丈夫《だいじょうぶ》……然《しか》るべき時が来たら私はそこに行かなければなりません。それは仕方がないことなんです。人の運命は、時として抗《あらが》えないものがあります。魔法はその因果の流れを見ることができる一つの手段です。精霊たちは私に運命の流れを教えてくれます。覚悟《かくご》していたことなんです」

彼女は微笑んだ。

「だから昨日は無理を言ってすみませんでした。昨日のことは忘れてください。ずっと前から覚悟は決まっていたのに、急に気が緩んでしまったんです。まだまだ修行《しゅぎょう》が足りないですね」

彼女は微笑んでいた。落ち着いて静かに微笑んでいた。

「笑わなくっていい」

ビックリしたように咲耶は息を呑《の》む。彼女の顔から笑いが消える。

「咲耶、お前はどうしたい？」

その顔に僅かに弱い心が浮《う》かぶが、咲耶は押《お》し殺《ころ》すようにグッと耐《た》える。

「……運命には逆らえません」

諦めの色のする吐息《といき》のような呟きだった。

「逆らえなくてもどっちでもいい。咲耶はどうしたい？」

咲耶は耕介の顔を見上げる。

「……自分は……どうしたい？」

「そう、どうしたい？」

彼女は口角を下げ目を泳がせる。

「わかりません」

自分がどうしたいのか、そんなことは考えたことがなかったというように咲耶は狼狽《ろうばい》し、言葉を探し、言い訳をするように努めて冷静に言う。

「自分の運命はいつも精霊たちが教えてくれます……自分がどう生きるべきかは大人たちが教えてくれます……私は『時詠みの追難』をするために生まれてきました。だから……」

「口から出た言葉はいつか本当になってしまう。仮病《けびょう》を使えば本当に具合が悪くなるし、自分は元気だと言っていれば病も癒《い》える」

耕介は咲耶の瞳《ひとみ》を覗き込むと静かに言葉を紡《つむ》ぐ。

「咲耶が心を偽《いつわ》った言葉を話せば、いつかその嘘が咲耶の本当の気持ちになってしまう。その前に、咲耶が今、心にあることを僕に話して欲《ほ》しい。僕は君の気持ちをしっかり預かる。君が弱いと嫌がる気持ちも、緩んだ心に生まれた気持ちも、覚悟を決めた意志も全《すべ》て僕が覚えている。だから、僕に話して欲しい」

身体の奥の深いところから疼《うず》きだした感情が、冷静さを保とうとする咲耶の表情を崩《くず》していく。

耕介は『時詠みの追難』のことを知ってしまった。それを行うということが、命と記憶を削ることだということも。

しかし、耕介が言おうとしたのは『時詠みの追難』のことではなかった。『時詠みの追難』なんかよりももっと大事なこと。

「いま、咲耶が思ったことを押し殺して欲しくない。時詠みの追難なんかしなくったって、押し殺し続けたらその気持ちは消えてしまうのだから」

咲耶は途端《とたん》に気持ちに抑えが効かなくなりそうな自分を鼓舞《こぶ》するように、膝《ひざ》の上に乗せたこぶしを強く握る。

「………」

必死で我慢しようとする咲耶の頭の上に掌を乗せる。耕介の掌《てのひら》は36度4分の温度を伝えることしかできない。でもその微熱《びねつ》交じりの体温が、人の心の中に溜《た》まった澱《おり》を押し流《なが》すことができる魔法のような温度であることを耕介は知っている。

「……これじゃ昨日と同じです」

堪《こら》えようとする身体と飽和《ほうわ》した気持ちは、その矛盾を涙《なみだ》に代えて彼女の頬を伝う。

「同じでもいい。咲耶が自分の気持ちを押し殺して一人で辛い思いをするよりずっといい」

小さな身体と心に押し掛《か》かる運命を耕介が変わってやることは決してできない。咲耶の両親や師匠がそうであったように。

ただ咲耶の心を、ほんの少しでも預かってやりたかった。明日をも知れない重い不安を咲耶一人に背負わせていたくなかった。全部引き受けることはできない。二人で持つのだ。どんな重たい荷物も二人で持てば辛くない。なぜなら隣にいつも誰かがいるのだから。

咲耶の強く握った拳《こぶし》にぽろぽろと涙の雫《しずく》が落ちる。灰色に押し込めていた気持ちは慟哭《どうこく》へとかわり色を成していく。

「私は……まだ……まだ生きていたい！　思いでも消えて欲しくない！　たくさん、たくさん知りたい！　この世界のことも、耕介のこともたくさん知りたい！　あすみとも一緒《いっしょ》にいたい！　三人で幾度《いくど》も幾度もごはんが食べたい！」

知ろうということは、明日に繋がる何かを得ることだ。

「幾度も幾度も三人でごはんを食べよう。咲耶が知りたいことをもっと知っていこう。この先まだたくさん時間はある」

「でも……でも……」

でも、の先を咲耶は言わない。いや、言えないのかも知れない。でも、の先に続く言葉を彼女が口にすることは、あまりに辛く苦しいことに違《ちが》いない。

――だから……。

「僕が咲耶を守る」

咲耶は濡《ぬ》れた顔をそのままに、ただ耕介の顔を見る。

十三歳の少女に世界はこの上ない重荷を背負わせ、誰も助けることを諦めていた。なによりも彼女自身が諦めていたのだから。

「そんなこと言わないでください。私……その言葉に甘《あま》えてしまいます」

「それで構わない。僕は君を守る。それが大人の務めだ」

「でも……お父様もお母様もお師匠様もその為《ため》に……」

それでもなお咲耶の思考は過去の記憶に搦《から》め捕《と》られる。

「科学において同じ条件、要因をそろえた場合に、起こる事象が同じであることを再現性

という」

「再現……性？」

急な話の切《き》り替《か》えに咲耶は驚《おどろ》きながら耕介を見つめる。

「じゃあ、咲耶に問題です」

微笑《ほほえ》みかけることができない耕介は、無機質な顔で咲耶に優しく問題を語りかける。

「そろえられた条件は、咲耶を時詠みの追難から守るということです。しかし要因は、今回は僕が咲耶を守るということです。ではこの場合、再現性は成立するでしょうか？」

「…………………………成立……しません」

耕介は涙に潤《うる》んだ咲耶の目を見ながらゆっくりと頷く。

「同じ結果が必然ではない。僕は咲耶を守る」

国の運命を背負わなければならない幼い少女を前に、自分の気持ちははっきりしている。

自分の言ったことを決して嘘にしてはならない。

耕介の言葉にうろたえ、迷い、ただ泣いていた少女の横顔。人を信じることが怖《こわ》くて仕方がない横顔。彼女は誰かに縋《すが》ったり甘えたりできなかった。縋ったり甘えたりした人は皆《みな》、いなくなってしまった。だから迷うのだろう。

耕介のジャケットで涙を拭《ぬぐ》いながら顔色を覗かれまいと俯《うつむ》きかくして咲耶は呟く。

「信じますからね。知らないですからね」

そう言って咲耶は耕介の身体を強く強く抱きしめる。咲耶の信頼《しんらい》がしみこむように温かく耕介の中に伝わってくる。

どうかこの信頼の気持ちが誰かに引《ひ》き裂《さ》かれないように、と耕介は願った。


耕介たちの下へ長い電話を終えて帰ってきたあすみが、二人を見るや「うおおぉぉ……」と言いながらムズムズと身体を蠢《うごめ》かす。

二人はただベンチに座っている。それだけ取ればどうってことはない。ただ、その周りに流れている空気が問題だった。

「え？　なに？　なにこれぇ？　周りにお花畑が見えるぅ」

と比喩《ひゆ》したあすみの見方は大方間違《まちが》っていない。気恥《きは》ずかしそうにもじもじとしながらも、どこかすっきりとした顔をしている咲耶。いつもと変わらずむっつりと無表情ながらも、少し身体を外側に向け、目を逸《そ》らす耕介。

「こ、これは……初体験を済ませたカップルがラブホテルから出てきた雰囲気《ふんいき》……」

あすみの言うことは言い得て妙《みょう》ではあるが、そう見えなくもない。

耕介はゴホリと咳払《せきばら》いをする。その白々しさがあすみの妄想《もうそう》に火をつけたのか

「こ、こ、こ、こ、耕介ぇ！　咲耶ちゃんの初めてをこんなとこでぇ！」

「待て、妄想会話はそれくらいにしよう」

耕介はしっかりストップをかけたのにも拘《かかわ》らず、すかさず咲耶が
「何の初めてですか？」

と聞き返しあすみの妄想の火に油を注ぐ。あすみは咲耶の耳元に寄ると囁《ささや》くように口に手を添える。

「つまり……大人の階段のぼる、君はまるでシンデレラだったのかと聞いているのだよぅ」

遠まわしすぎる質問の意図を解《わか》りかねてか咲耶は首を捻《ひね》る。

「私が大人になったかは解りませんが、耕介が……大人であるな、とは感じました」

と言った咲耶が目を伏せて頬を朱《しゅ》に染めている。先ほどまでの過程を知らないあすみが、それを勘違《かんちが》いすることを責めはできない。たぶんできない。

「のおぉ！　見せ付けたのか！　耕介ぇ、見せ付けたのかぁ！　おまえの『大人』をぉ！」

咲耶が言う『大人』と、あすみが妄想する『大人』は、『18金ネックレス』と『18禁フィットネス』くらい違っているのは説明するまでもない。

「ああ、心がもたないよぅ。お姉さん日本の未来が心配で眠れないよぅ」

そう言って過保護すぎるほどに咲耶を抱きしめて外敵から守るように耕介を睨《にら》むあすみ。

「怖かったねぇ、酷《ひど》いもん見せられたねぇ。可哀相《かわいそう》にぃ、可哀相にぃ」

さすがの耕介も段々状況が呑み込めてきたので反論する。

「おい、昔から知っていたが、改めて言う。あすみ、おまえ天才的な人格破綻《はたん》者だ」

「うひょう。そんな酷いぃ……」

いつの間にか日は暮れ、宵闇《よいやみ》が辺りを覆《おお》っていた。

「咲耶、お腹《なか》はすいているか？」

聞かれた咲耶がお腹に手を当てると、思い出したかのようにキュルルと鳴り出した。

「……あの、これ」

そう言って咲耶が差し出したのは、冷えてしまった、たい焼きだった。

「食べていなかったのかい？」

「三人で食べたかったです。なんで……」

恥《は》ずかしそうに返事する咲耶の頭に再び手を置く耕介。

「夕飯は残さず食べるんだぞ」

その言葉に咲耶の顔は柔《やわ》らかな笑顔になる。それから三人でベンチに腰掛けて、少し硬くなったたい焼きを頬張《ほおば》る。立ち上がって屑籠《くずかご》に包《つつ》み紙を捨てた耕介が二人に向き直る。

「よし帰ってご飯を作ろう」

「はい!」

元気に答えて歩き出す咲耶を見守りながら、耕介はある違和感《いわかん》を覚える。いつもだったら最初に飛び出《だ》して行きそうなのは、あすみである。そう思い耕介が振り向くと、あすみは歩みを進めずにこちらを見ていた。

「どうした?」

あすみは笑顔を作り答える。

「えへへぇ、急に用事が入っちゃったぁ。ごめん! また今度ぉ」

耕介はあすみを家まで送ると申し出たが、「こっちで用ができたんだよねぇ」と言って彼女は視線を逸らし路上駐車《ちゆうしや》されている車に目をやる。黒のセダンが停《と》まっている。

「…………」

耕介は歯切れの悪い様子で話すあすみを見守る。あすみが言いたいことを聞《き》き漏らさないように、あすみ自身気づいていない言葉を聞き取るように。

しかし彼女は何も語らず、地下鉄の改札まで来ると明るい笑顔で二人に手を振った。

何かをあすみが隠していることが耕介には気がかりだった。

どうやら咲耶もそのことになんとなく気づいたのか、心配そうな顔で耕介を見上げている。耕介は優しく咲耶の頭の上に掌《てのひら》を当ててやる。

＊＊＊＊

改札の向こうへ消えていく二人を見ながら、自分が笑顔になっていることにあすみは気づく。

いつの間にか、笑っている顔が普通の顔になっていた。それは無理な作り笑いでそうなったわけではないことをあすみは知っている。本当に毎日が楽しかった。だから、今もこうして笑っている顔でいられる。二人を見送っている今でさえ、あすみには笑顔になるのに充分《じゅうぶん》な条件だった。

──昔は全然笑わなかったのに……。

階段を上がり、外に出ると先ほどと同じ場所に黒いセダンが停《と》まっていた。耕介と咲耶を地下鉄の改札まで送る際には既《すで》にそこに駐車され、あすみが戻るのをジッと待っていた。電動開閉式の窓が下りていく。中から二十代半ばくらいの、やや細面《ほそおもて》があすみに笑いかける。

自分は今笑っているのだろうか？

あすみは自分の顔の線を指でなぞる。

――大丈夫、笑っている。

「すみません、あすみさん。突然御呼《とつぜんおよ》びたてしてしまって。ご都合が悪かったのでは？」

「いえ、そんなことは御座《ござ》いません……津幡さん」

男が助手席のドアを開け入るように促し、あすみはそれに従って車内に消えた。


「塩コショウを取ってくれるか？」

鍋《なべ》を振るう耕介に咲耶が急いで塩コショウを渡す。

「はい」

「ありがとう」

鍋の中に白と黒の粉末がちりばめられていく。その様子を身じろぎもせず咲耶は見守っていた。いつの間にやら食卓《しょくたく》には様々な料理が並べられ、賑《にぎ》やかなディナーの雰囲気に咲耶はワクワクしている様子だ。

しかし、いざテーブルに座って食べる段になって咲耶がおろおろしだす。いつもあるものが見当たらないかのように、そわそわとどこを見るともなく視線を泳がせている。

「あすみがいないと寂しいか？」

咲耶は一瞬《いっしゅん》ハッと耕介を捉《とら》えてまじまじと見る。彼女が二人しかいない食卓に違和感を覚えているのは明白だ。

たった一日なのに、咲耶はあすみと随分《ずいぶん》仲良くなっていた。あらためてあすみという人間のすごさを思い知る。

咲耶は耕介の問いに首を振りながら答える。

「寂しくはないけど……あすみがいたらもっと楽しいです」

耕介はその様子を見てからおかずに手を伸ばす。

「今度はあすみも呼ぼうな」

耕介の言葉に咲耶の顔がパッと明るくなる。

「うん！」

元気に答え、咲耶も料理に箸《はし》を伸ばすが、しばらくして咲耶はなにかを考えているようにその箸使《はしづか》いが鈍《にぶ》くなっていき、最後にはその場に箸を置いて耕介をじっと見てくる。

「どうしたんだい？」

「やっぱり！」

何がやっぱりなのか耕介にはわからず咲耶の表情を見る。

「耕介は何でもわかっています」

そんなことはない、と耕介は思い返すが、咲耶が何故《なぜ》そう思ったのか、そして何に疑問を抱いているのか順を追って聞いていく。

「前に隔界のお師匠様の所にいた時に一度、知の妖精《ようせい》に出会ったことがあるんです」

「知の妖精？」

「ぼんやりとした大きな空気の塊《かたまり》みたいな妖精です」

咲耶の身振《みぶ》り手振《てぶ》りだと、透明《とうめい》な大きなダンゴの塊のような形容だ。世間一般《いっぱん》に知られる羽の生えた妖精とはやはり違うのだろう。また妖精というのは精霊《せいれい》とは違って、こちらの言うことを聞いてくれることは滅多《めった》にないそうだ。

「情報を伝達する手段を体表現と言語のみで行う人間には、必ず食《く》い違いが生じてしまうと言うんです。人間が理解をすると言った場合は、相手の言わんとすることを大まかに認識するだけに過ぎないと」

知の妖精の言っていたことを否定するように興奮しながら咲耶は語る。

「でも耕介はわかってくれます。私が言わなくても、私が気になっていることに先に気がついてくれます。だから人と人が理解しあうことは、本当はできるんじゃないでしょうか？」

耕介にその考えを肯定してもらうのを待っているのか、咲耶の瞳は波一つ立たない湖面のように見つめてくる。

「咲耶は知の妖精が言ったことが真実かどうか知りたい、と思っているんだね？」

驚くように咲耶は大きく頷いて、自分の考えに自信を持ったのか笑顔をもらす。

「やっぱり耕介はすごい。何でもわかってる」

そう言って笑顔を輝《かがや》かす咲耶に、耕介は少し頭を傾けてから静かに首を振った。

「咲耶、その知の妖精が教えてくれたことは、間違っていないよ」

かえって来た返答に咲耶は戸惑《とまど》いながら目をパチクリとさせる。耕介は続ける。

「人はね、言葉か態度でしかものを伝えられない不便な生き物なんだ」

しかし咲耶も負けじと食い下がる。

「じゃあ、耕介は私の思っていることが何でわかるのでしょうか？　何時《いつ》だって自分の先手に回って質問の手を差《さ》し伸べてくれます。私が質問を整理できず頭を抱えている時は、整理した質問内容を提示してくれます」

「想像しているだけだよ。咲耶の表情や言葉から咲耶の気持ちを理解したいと思っている。ただそれだけなんだ。だから咲耶がどんなに辛い思いをしたのか想像してみるけれど、僕はそれでも咲耶の辛《つら》さを完全に理解することはできない」

「でも……耕介は私のことを誰よりもわかっています」

耕介は一息つくと箸をおいた。

「もし、自分の辛かったことが誰かにすべて伝わってしまったらどうなると思う?」

咲耶はそれを思《おも》い浮かべるように遠くを見つめる。彼女の胸中には自らに降りかかった、心が潰《つぶ》れそうになった過去が思い浮かんでいるのだろう。

もしそれが誰かに伝わるのだとしたら。

「……みんなが辛い思いをする」

「そうだね。誰もが皆様々な辛い思いをして、またはうれしいことを経験して生きている。でもね、それは伝わらないから……とても人に伝えられないものだから、みんな相手に優しくなれるんだ。全てが伝わってしまうことはとても恐ろしい。人が怖くなってしまう。でも解らないから知りたいとも思うんだ」

「解らないから知りたい……?」

咲耶が耕介に期待していたものは、自分は耕介と繋《つな》がっている、自分のことはなんでもわかってくれている、という幻想《げんそう》に近い憧《あこが》れなのだ。

だから咲耶はハッとした。繋がっていると思っていた耕介のことを咲耶はほとんど何も知らなかったからだ。独りよがりに耕介とは繋がっている、解り合えていると思っていた自分が途端に恥ずかしくなり俯《うつむ》いてしまう。

「耕介はずるいです」

耕介は何も言わず、ただ咲耶の言うことに耳を傾けた。

「私のことはなんでも知っているのに、私は耕介のことを何も知りません。耕介のことが知りたい。耕介の辛《つら》かったことも、楽しかったこともみんな知りたい。それはだめなことですか？」

首を横に振る耕介。

途端に咲耶はドキリとするように身をそらす。

気持ちを人と共有することは進行形の中でしか存在しないのだとしても……それでも今の咲耶は純粋《じゅんすい》に耕介と共有する何かを、一つでも手に入れたいと願っているのだろう。

耕介は平坦《へいたん》な表情で一息つくと自分について回想する。自分を作り上げてきた人々の顔を思い出していく。

「おもしろい話じゃない」

最初にそう言って耕介は語りだした。家族の話だ。

耕介には父と年の離《はな》れた弟が一人いる。

弟は咲耶と同い年で、幼馴染《おさななじみ》に小突《こづ》き回《まわ》されながら元気に暮らしている。活発な性格で変なことにばかり首をつっこむ、自分とは全く違う性格の弟だ。

そして八百屋を経営する父のこと。耕介の感情を的確に読み取ることができる唯一《ゆいいつ》の人間である。

「私も耕介の父様に会ってみたい」

「普通の八百屋の親父《おやじ》だよ」

そう言うと咲耶は顔を綻《ほころ》ばせて笑った。そんな咲耶を見て自分も心を綻ばせる。

「それから……」

少し区切るようにして話しだしたのは、母の話だった。理知的であらゆることを知っている母。耕介が物理学を学びたいと願う理由。そして……。

「母は僕《ぼく》が十歳の時に事故にあってね」

それは事故と言うにはあまりに残酷《ざんこく》な思い出。耕介の目の裏側、後頭葉の映像野にはっきりと刻み込まれたあの光景。僅かなきっかけで全てが芋蔓式《いもづるしき》に甦《よみがえ》る。

――その目から見える世界を守るように努力しなさい。

母の最期《さいご》の言葉。自分の目の前にいる人を守れなかった己《おのれ》自身。

回想し、言葉を継《つ》ぎ足《た》し、語り終える。咲耶は身じろぎもせず耳を傾けていた。

「耕介は辛《つら》かったですか？」

「ああ」

「泣きたかったですか？」

「ああ」

「話すのは辛いですか？」

「少し……思い出してしまうからね」

「……今も辛いですか？」

首を横に振る。

「今は話を聞いてくれる咲耶がここにいてくれる」

そんな耕介の顔を咲耶はジッと見る。

咲耶を見返す耕介の表情は無機質だった。その無機質な表情を見て咲耶は微笑《ほほえ》みかける。

ふと、自分はどんな顔をしていたのだろう、と耕介は思った。

◇◇◇◇

『後は時が満ちるのを待つだけですね』

相変わらず緊張感《きんちょう》もなくニヤニヤ笑う顔が電話越《ご》しにも手に取るようにわかり、無言でその言葉に応対する。

『しかし彼らが現れませんでした、では済みませんよ』

「わかっている。君はちゃんと最後にするべきことをすればいいのだ」

『するべきことですか？』

「ああ、君の早計で、こんなにも早く布石を置くことになってしまったのだから」

『褒《ほ》めてもらうべきだと思いますがね。結界を張るための布石には最適であり、早めに話題を集めておくことは決して悪いことではない。それに来週の土曜日にはちゃんと発動させますよ……『時詠みの追難』は、なさねばなりませんからね』

「ああ、『時詠みの追難』はなさねばならない」

『でなければ咲耶ちゃんには死んでもらわねばなりませんものね』

「…………まだ上の者はそんなことを言っているのか？」

『零《ゼロ》か百か。どちらかしかないのですよ、あの人たちの頭の中には』

「……極論だ。それじゃ元も子もない」

『ですから、成功させねばなりません。最後の木花の血ですからね』

空気は停滞《ていたい》し降り積もるように身体の自由を奪う。身じろぎもできないのは計画を遂行《すいこう》し続けなければならない心の重さなのか、それとも『時詠みの追難』という歴史の重さなのか見当はつかない。ただ為《な》さねばならない、という思いだけしか今は頭の中には浮かばなかった。

第三章　謀図《ぼうと》の収束

数日がたった。大学の授業は通常通り行われている。前期の授業は座学中心なので耕介《こうすけ》は沖島《おきしま》教授に願い出て、咲耶《さくや》に聴講《ちょうこう》する便宜《べんぎ》を図《はか》ってもらった。

名目上、当初の咲耶の申し入れどおり、彼女は耕介の妹ということになっている。

家の事情で妹から目を離すわけにはいかない、と同じキャンパスの友達に全く変わらぬ真顔のポーカーフェイスで話すと、誰一人《だれひとり》疑いを抱《いだ》くことはなかった。耕介もこの顔で損ばかりしているわけではないのである。長いこと付き合ってきた無表情とちゃんと共生しているのだ。

ただ耕介には気がかりなことがあった。

あの日以来、あすみと連絡《れんらく》が取れなくなったのである。

咲耶はしきりにあすみを食事に呼ぼうとせがむのだが、いくら電話をしても彼女に繋がることはなく、また折り返しかかって来ることもなかった。

とりわけあの日、あすみに嫌われるようなことをした覚えはない。

かといってなにか事故に巻き込まれたということも考えにくい。何故ならあすみの携帯電話そのものには繋がるのだ。ただ彼女が出ないのだ。もし事故なら、とっくに電池は切れているはずである。

それ故《ゆえ》、耕介の頭の中ではあすみのあの日の態度が気になっていた。

――その前の日にあすみが話していたお見合いに関わることで、彼女はソワソワとしていたのだろうか？　そういえば今日は土曜日だ。あすみのお見合いは今日のはず。

学校は休みで、咲耶は「今日は私がお昼ごはんを作ります」と言って朝から何か野菜類を五時間かけてコトコト煮《に》込んでいる。

キッチンに向かい額に汗《あせ》を浮かべながら、眉毛《まゆげ》をハの字にして鍋をかき混ぜている彼女を見ながら耕介は考える。

『時詠《ときよ》みの追難《ついな》』について。

彼女を必要とするリニエッジ機関という組織について。

あすみのおかしな様子について。

沖島教授が提示した情報について。

須崎《すざき》が持ち込んできた新宿区の事件について。

この一週間、いろいろなことがありすぎた。そしてそのどれもを耕介は解決できていない。自分から見える世界を守るには余りに非力すぎる自分に、思わず笑いたくなる。もちろん笑えない。ただ無表情にこめかみに人差し指を当てて一つずつ整理していく。

「耕介、何を考えているんですか？」

キッチンから出てきた咲耶がエプロンで小さな手を拭っている。

「ああ、情報を整理していたんだよ。この一週間、整頓《せいとん》されずじまいのことばかりだったからね」

「いろいろありましたものね――あすみは大丈夫《だいじょうぶ》でしょうか」

心配そうに目を伏せる咲耶に、耕介は「うん」と言って話を切り替えてやる。

「ところで咲耶の料理はできたのかい？」

「え？」

一瞬迷うような表情を見せた咲耶は、目を泳がせながら無言で頷《うなず》きキッチンへ駆けて行く。胸中に何かを抱《かか》えたような顔をしながら、それでも段取りよく食事の用意をしていく。

テーブルの上に盛り付けられた料理を並べる。深皿に盛られているものは、一見どこにでもある野菜の煮込みスープだった。

何の疑問も抱かず、耕介はスプーンを手にそれを口に運ぶ。

「…………」

「……ど、どうですか？」

咲耶にジッと見つめられながら耕介は感想を述べる。

「うん、おいしいね」

シンプルで家庭的な味のする野菜の煮込みスープである。

しかし咲耶はそう聞くや、ちょっと驚いて自分の皿の中のものを早速《さっそく》味見するが、どこか納得《なっとく》していない様子。

「どうしたんだい？　おいしいよ、これ」

耕介の言うことを聞きながらも、眉間《みけん》に寄せた皺《しわ》をさらに深くしながら「うーん」と唸《うな》る。どうしたことだろうか？

「こういう場合、出された料理は、すっごくおいしいか、すっごく不味《まず》いかのどちらかの方が良いということだったのですが……なんだか中途半端《ちゅうとはんぱ》な結果になってしまいました」

落胆《らくたん》の表情を浮かべる咲耶を見ながら耕介は、また変なテレビの影響《えいきょう》を受けているな、とやや心配になった。

耕介としては咲耶が料理を作ってくれたことがうれしかったし、なにより家庭的でシンプルな味が好きだった。

「そうだ。一つ聞きたいことがあったんだけど」

「なんですか？」

「咲耶は水の精霊や要素に触《ふ》れることはできるのかい？」

耕介にとって、ここ数日の間気になっていたことだった。しかし咲耶は別段平然とした顔で耕介を見ながら
「はい。触れますよ。ほら」

と掌《てのひら》を差し出してみる。おそらく水の要素が載っているのだろう。

（でれーい、人の敏感《びんかん》なとこさわんじゃねー）

（人じゃない！）

（あ、ほんとだ）

「そうか、そういうこともできるのか……ちなみにどんな形をしてるんだい？」

「かたち……ですか？」

（なに見てやがんだ）

（よせやい、恥《は》ずかしーじゃねーか）

「えぇっと……だいたいこんな感じですが……」

咲耶はそう言って掌《てのひら》を見ながら、水の精霊の要素をメモ帳に描《えが》いてくれたのだが、どうも彼女にはあまり絵心がないようだった。しかし、耕介には引っかかるところがあったの

か納得したように、「やはりそういう形になるのか」と呟《つぶや》いた。

午後になって干していた布団《ふとん》や洗濯物《せんたくもの》を取り込んだり、掃除《そうじ》をしたりしていると瞬《またた》く間《ま》に時間は過ぎていく。夕闇《ゆうやみ》が迫《せま》ってくると耕介は今夜の買い物に行かなければ、と考えながらも、頭の中心には一連の事象についての懸案《けんあん》がずっと引っかかったままになっていた。

ドアを叩《たた》く音が聞こえたのもちょうどその時であった。

あまりに激しくドアを叩くものだから、咲耶は恐怖《きょうふ》して部屋の片隅《かたすみ》に駆け寄《よ》りカーテンの中に身を隠《かく》す。その様子を見て瞬《まばた》き一つせずに耕介はうんざりしながら玄関《げんかん》を開ける。

「なっはははは！　ロリコン、元気か？」

やはり……いや、間違いなく須崎だった。

「またいきなり無礼極《きわ》まりないですね」

何処《どこ》が無礼なものかと言わんばかりに、須崎は勝手知ったる我《わ》が家《や》のように座布団《ざぶとん》を出しリビングに座る。

「いったい何しに来たんですか？」

あきれたように耕介は言いながら、自分の座布団をだす。ロリコン疑惑《ぎわく》の元凶《げんきょう》である咲耶は、目を丸くして身をくるむカーテンの隙間《すきま》からこちらを窺《うかが》っているので、手招きをしてソファに座るように促《うなが》してやる。

須崎は見比べるように耕介と隣に座る咲耶を交互《こうご》に見てから口を開く。

「おいロリコン」

「名前で呼んで欲しいですね」

「どっちでもいいよ。なあ、あの事件なんだが」

「どの事件ですか？」

一応聞き返すものの耕介にも須崎の言わんとすることはわかっている。この数日間で須崎の事務所が抱えていた失踪《しっそう》事件は、テレビのニュースなどで取り上げられるほどにまで話題性を帯びていた。突然《とつぜん》の怪奇《かいき》な失踪、そしてそれを受け流した警察に対するバッシング。一時的なものとはいえ、日本中の話題になりつつある状況《じょうきょう》にも拘《かかわ》らず、須崎の事務所の方は一向に解決の糸口が見つけられずにいた。

「耕介、お前俺《おれ》にとんでもない隠しごとしてやがったな！」

「藪《やぶ》から棒《ぼう》という言葉は、須崎に使う言葉ですね」

掴《つか》みかからん勢いで須崎は耕介に詰《つ》め寄る。

「っふ。人が悪いな耕介も……まんまとお前の心理作戦にはめられたぜ」

「なにがですか？」

「俺に、明日やってくるのはじいさんだという先入観を植え付けといて、その嬢《じょう》ちゃんをかばおうとしてんだろう。だが俺の目はごまかせねえ！　この間、事務所に帰ってすぐに気付いたぞ。その嬢ちゃんこそがガンダルフだ！」

事務所に帰ってすぐ気がついたというのは嘘《うそ》だろう。なにしろ一週間近くたっている。おそらく今さっき気がついて飛んできたに違いない。

「老人という先入観は須崎が作り上げたものでしょう。誰も騙《だま》してなんていませんよ」

「……うそっ……そうだっけ…？」

「はい、最初から僕は魔法使《まほうつか》いが来ると言っていたじゃないですか」

「だ、だから、あれだろ、その嬢ちゃんは……」

「須崎は今回の事件に咲耶が関わっていると考えているのでしょうか？」

「ああ、そうだ。なにしろ……まほ……まほうつ………ガンダルフだからな！」

何故か一般単語が出ず固有名詞に逃《に》げた須崎は、腕《うで》を組んで耕介を睨みつける。

「たしかに須崎が思っているように、咲耶は特殊《とくしゅ》な能力を持っています」

耕介の袖《そで》を掴んでいた咲耶が驚くように耕介を見上げる。耕介は大丈夫と言いかけるように咲耶の頭をなでる。

「ただ咲耶はこの事件には関係ありません」

眉間に深々と皺を寄せた須崎は「ああ？」と不良青年のような顔をする。

「あまり参考になるとは思えませんが時間的な状況《じょうきょう》証拠《しょうこ》を提示しましょうか。咲耶はあの事件の時間、テレビを見ていたんです」

「どういうこった？」

「次の日咲耶は、そのテレビで言っていたことを実践《じっせん》して僕をお兄ちゃんと呼びました。後で新聞のテレビ欄《らん》を思い出してみて、内容から察するにその番組はおそらく『東京サブカルグラフィティ』という、サブカルチャーを特集したものです。内容は妹系メイド喫茶《きっさ》の特集です。その番組がやっていたのが、ちょうど事件の時刻と重なっているんです」

「だけどよう、そんな状況証拠じゃアリバイ能力はねえぜ」

「須崎は咲耶を警察に突《つ》き出したいんですか？」

「いや、そうじゃねえけどよ」

「それに、そもそも魔法《まほう》を使って人を消したということに証拠《しょうこ》能力がないでしょう。なによりあの事件は、たぶん僕に対する撹乱《かくらん》なんだと思います」

「おいおい、意味が解るように言ってくれよ」

うんざり顔の須崎とは対照的に、咲耶は心配そうに耕介の顔を覗《のぞ》き込む。

「おそらくですが咲耶をつけ狙《ねら》う組織が、僕と咲耶の信頼関係を少しでも削《そ》いでおこう、と考えたのでしょう……少々あざとい印象が引っ掛かりますがね」

「……耕介」

不安を満面にたたえた咲耶の頭に耕介は手を当てる。

「そんな状況証拠がなくたって、咲耶がそんなことをしないと僕は知っている」

耕介がそう言うと咲耶は急に背をピンッとし、後、口をポカンと開け、さらに
「……うへぇへへ」

とニヤケて弛緩《しかん》した。須崎はしばらくその様子を見守っていたが、先ほどの耕介の言葉が引っ掛かったのか目の色を変える。

「なあ、あざとい印象ってなんだよ?」

「少しわざとらしい気がします。こちらにアピールしているのではと思うくらいです」

「どういうことだよ。全然意味わかんねぇぞ」

「もしこれが攪乱ではなかったとすると……いや、それは今はいいでしょう」

「おいー、なんだよ。すげぇ気になるじゃねえか。なあ、言えよ耕介……」

言いかけた須崎の背広の内で携帯電話の呼び出し音が鳴る。

会話の腰《こし》を折られた須崎はいかにも面倒《めんどう》くさそうなしかめっ面《つら》で電話に出る。

「もしもし、なんだ。俺、忙《いそが》しいんだよ」

それでも須崎の中にまだ周りに憚《はばか》る心が残っていたのか、話しながら部屋から出て行く。

耕介は須崎が完全に廊下《ろうか》の方へ出て行ったのを確認《かくにん》して咲耶を見る。

「咲耶、一つ聞きたいことがあるんだが？」

耕介が咲耶に問いかける。虚《きょ》を突かれたのか首を捻る。

「この前咲耶の黒衣を掌《てのひら》に収まるサイズに変換《へんかん》しただろ」

物質の構成情報だけを残して、その場から消した。魔法とは厳密には違う、彼女の使うことのできる特技の一つだ。

「あれは動物や人にもできるかい？」

聞かれた咲耶は膝の上に置いた手をじっと見つめる。

「できないことはありませんが、基本的に物質の構成が単純なものにのみ有効です。生物は肉体という器《うつわ》と、精神が合わさってできていますので、肉体を分解してしまうと精神をその場にとどめておくことができなくなり、再び肉体の形を取り戻しても心のない抜《ぬ》け殻《がら》になってしまいます。ですので、これを人や動物にかけることは禁じられています」

「絶対にできない？」

咲耶はしばし考える。

「……絶対ではありません。どこかに精神、魂《たましい》を一時的に置いておく器があれば。でも、人の魂と同等の器など、滅多にあるものじゃありません」

「そうか……わかった。ありがとう」

耕介の頭の中で幾《いく》つかの事柄《ことがら》が浮かんでは消える。浮上《ふじょう》してくるキーワードたちはそれ一つ取ってはどれも関連性がない。だがなにか大きな設計図の上に置かれているような気がしてならない。

その時、須崎が再び不機嫌《ふきげん》そうに部屋に入ってくる。しかしただ不機嫌な様子ではない。須崎から僅《わず》かに緊張感が漂《ただよ》っていることに耕介は気がつく。

「ちょっと事件が起こった。帰るわ」

どういうことだろう？　須崎が事件というからには、失踪事件に関わることと考えていいはずだ。

「須崎、もっと詳《くわ》しくお願いします」

やや困惑《こんわく》しながら須崎は今の電話の内容を語っていく。

「三人が同時に消えたんだとよ。しかも今度は人が往来する大通りで、大勢が見ている目の前で突然。新宿駅周辺は封鎖《ふうさ》状態。混乱が生じているんだそうだ」

自分がいない間に事件が起きたことがよっぽど不満だったのか、仲間外れにされた子供のように端正《たんせい》な顔を不機嫌な表情で歪《ゆが》める。そして須崎はポケットから車のキーを取り出し耕介に言う。

「まあ、新宿にゃ事務所もあるからよ、とりあえず帰るわ」

——あれは自分に対する撹乱ではないのか？　もしそうならこれ以上人を消す必要はない。しかし現に今新宿で事件は起こっている。

「須崎、ちょっと待ってください」

耕介は帰ろうとする須崎を制止し、こめかみに人差し指を当てる。

——ここに来てまた人間を消す目的はなんだ？……いや、落ち着いて考えるんだ。今の新宿駅周辺の状況を正確に把握《はあく》しなければならない。今あそこは人が大勢の前で突如《とつじょ》消え封鎖された特殊な環境《かんきょう》下で混乱が生じ、日本中の注目が集まっている。

………特殊な……環境？

耕介は立ち上がると本棚《ほんだな》から『魔術《まじゅつ》研究・総論　上』を取り出しページをめくっていく。

それを断《た》ち切るように室内に携帯《けいたい》電話の呼び出しベルの音が響き渡《わた》る。

耕介の携帯電話だった。

＊＊＊

あすみは首もとの紐《ひも》を結んで鏡に映った自分を見る。

濃《こ》いピンク色のドレスが足元まで延び、同色のハイヒールに足を通す。ドレスによって強調された胸元《むなもと》を少し恥ずかしく思い、ストールを肩《かた》にかけ胸の前で合わせる。暖房《だんぼう》の効いた室内にいるにも拘《かかわ》らず、ストールを羽織っても何故《なぜ》か露出した腕や肩は少し寒い気がしてならない。

鏡の中の自分は笑っているか？

——大丈夫、笑っている。

「えへへぇ、お見合いだってぇ。おっかしぃねぇ」

鏡の中に話しかける。

誰《だれ》も返事を返してくれない。いや、返事を返して欲しい相手は、一人しかいない。

あすみがそう思いかけた瞬間《しゅんかん》、部屋をノックする音が聞こえる。

「着替《きが》えは終わっていますか？」

「はい」

咄嗟《とっさ》に答えると鏡の中に映ったドアが開く。あすみが振り返《かえ》るとタキシードに身を包んだ二十代半ばくらいの長身の男が姿を現す。

「津幡《つばた》さん」

「遅《おそ》くなってしまって申し訳ありません。こんな日に限って仕事が長引いてしまいました」

「そう……ですか」

男は笑いながらあすみに話し続ける。

「そうそう。もう忠文《ただふみ》でいいです。すでに他人ではないのですから、名前で呼んでくれてもいいのではないですか？」

笑う姿が清々《すがすが》しく絵になる青年だった。あすみはドレスのスカートの裾《すそ》を持って、礼儀《れいぎ》正《ただ》しく頭を下げる。

「まだ婚姻《こんいん》を結んでいない者同士、礼節をわきまえた距離《きょり》を保ちたいと思ってのことです。お気に障《さわ》りましたら申しわけありませんでした」

津幡はあすみの言葉にも笑顔《えがお》を崩さずに、同意するように頷いた。

「なるほど。それもそうかもしれませんね」

「申しわけございません」

「しかし今日のお見合いは通常のそれとは違います。結婚《けっこん》が前提の顔合わせのようなもの」

「……はい」

「もう後戻《あともど》りはできません。心残りなどはありませんか？」

あすみの心の内を見透《みす》かしたように語りかける津幡にあすみは一瞬どきりとする。

「そんなことは御座いません。私は野々村《ののむら》の家に生まれ、そのしきたりに従うつもりで生きてきました。それに津幡さんとは昔から社交の場でもお会いしています。不満に思うところなど一つもございません」

「そうですか。それならよかった。あすみさんが本当は乗り気でなかったらどうしようかと気をもんでいたので、これで安心です……先日一緒《いっしょ》にいた男性のことが気にかかっていたものですからね」

あすみの心臓が跳《は》ね上《あ》がるように鼓動《こどう》した。

「耕介わぁ……彼は……なんでもないんです。ただの友達です」

自分が一瞬とり乱しそうになったのを恥じるようにあすみは俯《うつむ》く。

「もうすぐ食事の用意も整いますから、用意ができたらいらっしゃってください」

そう言い終えて、津幡は部屋を出て行った。

ふと、あすみの心の中に無愛想な青年の顔が浮かぶ。

まだ彼女の心の中で整理がついていないのだ。中学生だった頃の記憶《きおく》が頭から離れない。

中学生だったあすみは小中学校共に私立で、地元の子供たちに知り合いは一人もいなかった。帰りにいつも目にする地元の制服の同い年たち。一人の帰り道、あすみはいつも遠くからただ見守るしかなかった。

勇気を振り絞《しぼ》ったのは中学二年生の時だった。地元の中学の制服を着た学生たちに話しかけたのだ。友達になってほしいと。

快く了承《りょうしょう》してくれた学生たちは、これから遊びに行くのだと言って、あすみを連れて市立図書館へと向かった。市街の喧騒《けんそう》から離れ、ひっそりとたたずむ市立図書館の周辺には人影《ひとかげ》も疎《まば》らだった。

図書館の外には広い庭があり多くの樹木が植えられ、一見すれば森のようにもなっている。後をついていくあすみに不安がよぎる。周りに人は見当たらない。

「ここらでいいんじゃねえ？」

男子の一人の呼びかけに、周りも同意する。その声があすみには酷く恐《おそ》ろしいものに聞こえたのは気のせいではなかった。あすみの傍《かたわ》らにいた女子があすみの肩を強く押《お》す。緊張しきった体は、棒でも倒《たお》すかのようにその場に倒れる。

恐怖に身体は慄《おのの》き、動くことも声を発することもできない。

「公立が私立の奴《やつ》と仲良くできるかっての」

男子の一人がその様子を見て笑いながら言う。

「あれでしょう、お金持ちってことでしょう。いいよねえ、あたしたちじゃとても行けないもんね」

「どうする、こいつ？」

「どうするってよ」

男子二人が顔を見合わせる。

「やだ、エッチなこと考えてんでしょ、やめてよね」

ケラケラと笑う同い年たちに、自分はどうされるのか恐怖であすみは膝《ひざ》を震《ふる》わせた。

その時だった。向かいの茂《しげ》みから誰かが立ち上がる。詰襟《つめえり》の学生服。仲間だろうか？

「ここは図書館の敷地内《しきちない》です。館内と同じく静かに振舞《ふるま》って欲しいのですが」

表情を一切《いっさい》変えることもなく学生服の男はその場にいる中学生に言い放った。

気圧《けお》される一同を見渡《みわた》し、無表情の学生は息をつく。

「なんだ、第三中学校の生徒たちですか？　こんな所でどうかしましたか？」

いつまでも気圧されているわけにもいかないと、リーダー格の男子が言い放つ。

「うるせえな、おめえは関係ねえだろう。さっさと帰れよ」

「そう言われても、読書の最中です。来年には受験なんで」

そう言うと詰襟の学生はあすみの方に目を向ける。

「そちらのお嬢さんは私立の御澤中《みさわちゅう》の方ですね。名前は……野々村あすみさんでしたね」

あすみは驚いた。全く知らない人間が自分の名前を知っている。どういうことなのか？

「おい……知り合いか？」

「いいえ。僕が一方的に知っているだけですよ。知っているついでなら、君も知っていますね。飯田雅夫《いいだまさお》。そっちが諏訪美智子《すわみちこ》、隣《となり》は吉田加奈《よしだかな》。君が竹山文也《たけやまふみや》……野球は止めずに続けたほうがいい。いい肩をしているのに勿体《もったい》ないですよ」

全く知らない相手が、自分たちを知っているということはこの上なく気味が悪い。全員が見合わせた顔を青くした。

「……お前誰なんだよ?」

恐怖に震える一人が負け惜《お》しみのように声を絞り出す。男は一切表情を変えない。

「きみたちがそれを知る必要はありません」

静かに、しかし気迫《きはく》の籠《こ》った言葉に全員が後ずさった。

学生たちは何も言えず、恐怖が想像を膨《ふく》らませ、膨らんだ想像がまた恐怖を生み伝播《でんぱ》する。彼《かれ》らは捨《す》て台詞《ぜりふ》もおかずにその場を去っていき、あすみだけが取り残された。

「大丈夫ですか?」

あすみは何も言えず、差し伸べられた手を取った。

「彼らは三中の……不良、という程の者ではないが善人というわけでもない連中です。気をつけたほうがいいでしょうね」

立ち上がらせてもらって、あすみは初めて気がついた。彼は自分と背丈《せたけ》もそれほど変わらない中学生であることに。

「あ、あの……」

「大倉耕介《おおくら》です。紹介《しょうかい》が遅《おく》れました。二中の生徒会長をしている関係で、以前他校に交流に行った折に生徒の集合写真を見せてもらって憶《おぼ》えていたんです。元野球部の彼のことは地元紙面にちょっとだけ載っていたのを覚えていて、鎌《かま》をかけました」

何故自分のことを、延《ひ》いてはあの学生たちのことを知っていたのか？　というあすみがしようとしてできなかった質問の答えを先に返されてしまった。

「でも、そんな一度きり見ただけで」

「記憶力《きおくりょく》は一般平均より良いみたいですね。運がいいことに」

それだけじゃない。あすみは思った。彼らに対して大倉耕介という中学生は完全な心理攻撃《こうげき》を仕《し》掛《か》けていたのだ。本当に同じ中学生なのだろうか。

「あそこで助けに入ってバタバタと悪者を倒す、というのがセオリーなんでしょうが、僕の腕っ節《ぶし》はからっきしでして……残念ながら詭弁《きべん》で帰ってもらうしかありませんでした。怪我《けが》がなくて何よりです。凶器《きょうき》が出てくるんじゃないかと、ちょっと怖《こわ》かったんですがね」

全く怖かったなんて顔色はしていない。

「……なんで」

声が詰まった。

「なんで、怖いのに助けてくれたんですか」

野々村家の次女である思いが重なった。家督《かとく》を継《つ》ぐ男子に恵《めぐ》まれず、二人も女子が生まれ、年の離れた姉は昨年結婚した。家は、後は次女を処理することを考えるだけ。家のお荷物の自分。誰も手を差し伸べてくれる者がいない存在。そんな自分を何故助けてくれるのだろうか。家のことと、彼が今あすみを助けてくれたことはまったく別のことではある。しかし家で扱《あつか》われる自分の立場は、決して人から助けてもらえるような存在ではなかった。だからあすみは耕介に救われて、何故自分が助けられたのかが解らなかった。

説明できない思いがこみ上げてくる。

耕介はしばらくあすみの表情を見ていた。

「今は君が目の前にいて、助けるべき状況だったから助けました。僕の見える範囲《はんい》の人間を僕は助けたいと思う……それだけですよ」

「でも、これは私の軽率《けいそつ》な行動が……」

「後悔《こうかい》しない人生はありません」

言葉に詰まった。そう言った耕介の顔に初めて表情のようなものが見えた気がした。どこか遠い所を見つめるような、悲しいような表情に見えた気がした。あすみは思わずそれ以上の言葉を呑み込んでしまう。いや、ただ見惚《みと》れていたのかもしれない。

「なにか行動をしても、何もしなくても後悔はします。だからやったことを悩《なや》んでいないで今いいと思うことをしたらいい。君は自分を善《よ》い方向にするために行動した……でもきっと失敗したんですね。でもそれを悔《く》やむより、この先善いと思うことをまたしたらいい」

そう言いおいて耕介は茂みの向こう側に戻《もど》ると、ベンチに腰掛《こしか》け読書を始めた。

その日を境にあすみは折りを見ては市立図書館に行くようになった。

——少女マンガみたいな出会いだ。

あすみはその日のことを思い出しては、おもわず笑ってしまう。あれほど引っ込み思案だった自分が不思議な程にそれからは明るくなった。市立図書館に行っては耕介と話をした。耕介の進学先を聞いて自分もそこに行こうと決めたが、そこから先が大変だった。この地域の高校で一番の難関校だったために、あすみは人生で一番勉強をした。市立図書館に行けば耕介が勉強を見てくれたし、彼の説明は学校の比じゃないほどに解り易《やす》かった。

耕介自身は勉強をするどころか、関係のなさそうな本を読んでばかりだったが、後からの話、トップで合格したそうだ。あすみも耕介からはだいぶ順位をはなされてだが無事に合格することができた。

高校時代も耕介の生活は大して変わらなかった。市立図書館か家の八百屋の手伝いだった。何度か耕介が店前に立つ八百屋に遊びに行ったことがある。年の離れた弟がいて近所の子と遊んでいた。耕介は、将来は八百屋を継ぐと言っていた。八百屋がどうしてそんなに勉強するのかと聞いたら、わからないと答えが返ってきた。

「ばかだねぇ。なんで思い出すのかなぁ」

あすみのうちに思い出が甦っては消えていく。

この一週間、何度も彼から電話があった。その都度あすみは電話口に出ようとしたが、すんでのところで思いとどまる。

また自分が彼の優《やさ》しさに甘《あま》えてしまう気がした。それはいつまでも巣から飛び立つことのできない子供のようだと思った。

——親離《おやばな》れができない……。

彼のようになりたかった。自分のことは計算に入れず、人のことに必死になっている彼のようになりたかった。いつまでもそうやって彼の背中を追いかけている自分がひどく小さくて卑《いや》しいものに思えた。

——だから、ちゃんとお別れしなきゃ。

淡《あわ》い思いはもう断ち切らねばならないと思った。この気持ちがどういうものなのか、今のあすみにははっきりとした答えは解らない。でも、このままにしていてはいけないのだ

ということも解っていた。区切りをつけなければ、あやふやなまま彼の背中をまた追い続けることになる。

鏡台の前に置いた携帯電話を手に取る。呼び出し音が数回鳴る。

「もしもし」

耕介の声がした。

何か話さなければ。

声が出てこない。

耕介は何も言わない。

言葉にならない。

もどかしい思いだけがうちに広がる。

終わらせなければ。

なにか……なにか言わなければ。

気持ちばかりが焦《あせ》って言葉が喉元《のどもと》から先に出ていこうとしない。

「どうした、あすみ」

耕介の声だ。その言葉を聞くだけで焦りは消え、喉元に張り付いている緊張は溶《と》けて消えていく。この声を聞くだけで自分は笑顔に戻れる。だから……。

「いま新宿のホテルにいるんだよぅ。内装ちょー豪華《ごうか》でさぁ。それにこれからお見合いなんだぁ。ドレスとか着ちゃってるんだよぅ」

そう発した言葉の後に電話の向こう側は静まり返る。

居心地《いごこち》の悪い沈黙《ちんもく》ではない。あすみは知っている。耕介は考えごとをする時、そこにいないかのように静かに沈黙する。それは他の誰でもない、耕介が電話の向こうにいるという証拠なのだ。あすみはこの静けさが好きだった。間違いなく耕介がそこにいるのだと感じられるからだ。

「……あすみ、後悔はしていないか」

あすみは思わず泣きそうになる。

耕介には全部わかっているのだ。自分がこれからどこへ行こうとしているのか。それがどういうことか。

「後悔しない人生はないんでしょぅ」

「ああ。あすみが一番いいと思うことをしたらいい」

自分にとって一番いいと思うこと。それは……。

「耕介ぇ……あたしぃ……」

思いが言葉にならない。言葉にならない分の気持ちが溢《あふ》れ返って零《こぼ》れおちる。電話の向こう側の沈黙が優しくあすみを包み込む。

「あたしぃ、耕介がぁ――」

自分は思いもよらない言葉を出しそうになったその時、誰かが電話を取り上げる。

「困ったお友達ですね。あすみさんを泣かせるなんて」

にこやかにあすみに笑いかけながら電話を切った。

「……津幡さん」

「そろそろ時間ですよ」

突然切られてしまった電話を耕介は見つめ考える。

あすみに何かあったのだ。

咲耶が顔いっぱいに不安を浮かべてこちらを見ている。

「耕介、あすみですか？」

「ああ、そうだよ」

耕介は携帯電話を見ながらこめかみに当てた人差し指を離さない。

やはりあすみまでこの中に入っているのか？　疑問が耕介の中を駆《か》け巡《めぐ》るが、彼の計算式の中には間違いなく彼女《かのじょ》の存在が入ることになる。

──だとすれば。

「咲耶、これから出かけるけれども、どうする？」

「いく！」

有無《うむ》を言わせない即答《そくとう》で耕介を見上げる。

「なんか事件と関係あるってことだな？」

蚊帳《かや》の外から急に渦中《かちゅう》に至ったことに感づいた須崎は俄然《がぜん》目を輝かせる。

「バラバラだった事象が一つに繋がるかもしれません」

「だったら俺も行ってやろう！」

胸を張って言う須崎に向き直る。耕介には確認しなければならないことがあった。

「では須崎には車を出して欲《ほ》しいことと、もう一つお願いがあります」

「なんだ、なんだ？　言ってみろ！」

「須崎のツテは使えますか？」

「……ものにもよるなあ」

耕介はテーブルの上にあった紙に、平仮名《ひらがな》を一文字書き、その横に数字を羅列《られつ》していく。

「この車体番号の車の持ち主と住所をすぐに割り出してください」

須崎はそれを手に取ると目を見開き、最高の笑顔を浮かべてすぐに電話をかける。

「ぬあははははっ！　俺だっ、須崎源太郎《げんたろう》だ！　……ちょ、待て。な、なぜ泣く？　泣くな……泣かずに聞け！　今から言う車の持ち主と住所を……泣くな！　聞け！」

電話口に出たとたんに相手を泣かせる須崎の広い交友関係には様々な疑問が湧《わ》き起《お》こるが、耕介も今はそれを問いただしている場合ではないので敢《あ》えて口は噤《つぐ》む。

相槌《あいづち》を打ちながら須崎がメモを取り、「わかった。よくやった、褒めてやる」と言って電話を切る。

「須崎、わかったんですね」

「……わかったんだけどよ、こいつを相手にすんの？」

「ええ、おそらくは」

須崎は今取ったメモを耕介に渡す。耕介は手に取りそれを見る。

「津幡忠文……住所は……やっぱり、そうか」

「なにがやっぱりなんだよ。そいつの家に行けばいいってことなのか？」

「いえ、違《ちが》います、場所は新宿……角筈《つのはず》プリンスホテルでしょう」

「はあ？」

耕介は地図帳と、先ほど出した『魔法研究・総論　上』を並べ結界のページを開く。

「この本によれば人々の意識や注意、興味、噂《うわさ》や憶測《おくそく》、人の情念が集約すると、物理的変化はなくとも、人のあらゆる思いが荷重《かじゅう》となって歪みができるそうです。本来何もない場所を特殊な環境に変換する。先ほど須崎の話した通りなら新宿駅周辺は三人の人間が突如人々の目の前から蒸発し混乱状態となり封鎖されました。今あそこは歪みの只中《ただなか》にある」

そう言うと耕介は地図帳の新宿駅にペンで丸をつける。

「そんなことしてどうするんだよ？」

須崎は訳がわからないとばかりに声をあげるが、咲耶が静かに口を開いた。

「結界ですか？」

耕介は頷きかえし話を続ける。

「新宿の失踪事件は結界を張るための布石の一つに過ぎないんです。元々あった二つの強い力を持った布石に新宿駅周辺を足して、結界を作るのが目的だったのだと思います」

「他の二つってのはなんだよ？」

耕介は二人に見えるように開いた地図帳に丸を二つ足す。

「一つは津幡忠文という人間の家。そしてもう一つは角筈神社でしょう。これできれいな正三角形が出来上がる。そして三角形の中心にあるのが角筈プリンスホテルです。おそらくここに津幡忠文と……あすみもいます」

耕介の説明に須崎はうんうん唸りながら聴《き》いていたが、先を続けることにする。

「この本によれば三角形はバランスを取るにはまだ欠けている図形とされます。三角形同士でバランスを取り合ったものがダビデの星と呼ばれるユダヤの六芒星《ろくぼうせい》です。何故バランスが悪いとされる三角形の布陣《ふじん》を張ったのか……」

耕介の疑問を補うように咲耶が呟く。

「増幅《ぞうふく》結界です」

「増幅結界？」

「その本の下巻に出ています。本来結界というのは安定、防護、抑制《よくせい》をするために張られるもの。でもそれは強い力でバランスを取って抑《おさ》えつけるということ。だから完成しきっていないアンバランスな結界というのは……」

「抑制の力が半減するのではなくて、逆に増幅させてしまうということか？」

咲耶は虚《うつ》ろに首を縦に動かす。

話についてくることのできない須崎は不満気な顔で睨《にら》みつける。

「なあ、そんなよくわからんもん作ってどうすんだ」

「わかりません、ただそこに行けば解《かい》はちゃんと用意されています」

「あーっそう！」

ヘラヘラと笑いながら須崎は生返事をする。

耕介は上着を羽織るとクローゼットの中に吊《つ》るしてあった咲耶の魔女《まじょ》が着る立《た》ち襟《えり》の黒衣とトンガリ帽子《ぼうし》も手に取る。物理障壁《しょうへき》が張られてある黒衣と帽子である。

「今夜はこれを着て行くべきかも知れない」

咲耶は理解し、顔を曇《くも》らせる。

「そういうことなんですね」

これからどんな場所へ行かなければならないのか察した咲耶は唇《くちびる》を引き締《し》めて俯《うつむ》く。もしかしたら、もうここには帰って来られないかもしれない、明日を迎《むか》えることはできないかもしれない、という不安が彼女の体を強張《こわば》らせ、顔には緊張が走る。そんな咲耶に耕介は優しく黒衣を着せてやり、胸元のひもを結びながら関係のないことを話す。

「明日の朝は日曜の特売市があるんだ。早起きしないとみんな売り切れてしまう」

そう言いながら耕介は黒衣の結び目を確認する。

「咲耶にも運んでもらうんだから、寝坊《ねぼう》はできないぞ」

トンガリ帽子の鍔《つば》を強く握《にぎ》る咲耶の手から力が抜ける。

「……はい、でも、ちゃんと起こしてくださいね」

咲耶の顔からふんわりとした笑《え》みが零れた。

耕介はゆっくり頷き返して、立ち上がると台所へ行く。これから行く場所の為《ため》の用意をしなければならなかった。『魔術研究・総論　上』に書いてある結界の定義をもう一度しっかりと読み返しながら、未使用のゴミ袋《ぶくろ》を取り出し、軽量カップで水を注ぐ。

「……耕介」

耕介が振《ふ》り向《む》くと、咲耶がなにかを聞きたそうにこちらを見ていた。

「あの……あすみと耕介は……」

そこまで言って咲耶は急に言葉を詰まらせる。彼女が呑み込んだ言葉の真意がつかめなかった耕介は彼女に向き直る。

「なんだい？」

「いえ……なんでもないです。ありがとう」

咲耶は折り目正しく結ばれた紐を少しつまみながら俯きかげんで言う。言い終えてチラリと耕介の顔を一瞥《いちべつ》すると、逃げるように玄関へ駆けていってしまった。

＊＊＊

咲耶は今自分が耕介に聞こうとしていたことがなんなのか解らなくなってしまっていた。

あすみのことは好きだ。

耕介のことも好きだ。

たぶん二人もきっと同じ気持ちなのだと思う。では何で不安になったのだろう？

この先も三人で一緒にいたいと思うことの何に不安があるんだろう。

「ヒャッハー！　なんかすげえ格好だな！」

玄関先《げんかんさき》で待っていた須崎が興味深げに咲耶の格好を見ている。思わず咲耶はトンガリ帽子の鍔《つば》に触れて顔を隠す。

「なにか変なところはありますか？」

嫌味《いやみ》ではなく、自分が変な格好をしているのだとしたら、恥《は》ずかしいような気持ちになって須崎に聞いた。

「変じゃねえよ。よく似合ってる」

言った須崎の浮かべる笑顔があまりにやわらかく無垢《むく》だったので、気恥ずかしくなってしまった半面、嘘ではないその言葉に安心した。

「そうですか」

しかし咲耶にはその安心が解らない。何故変な格好だったら恥ずかしくて、似合ってるのなら安心なのか。

「お待たせしました」

背後から大きなゴミ袋を手にやってきた耕介に酷《ひど》くビックリした。

――だめだ、隙《すき》だらけだ……。

耕介がどうしたのかと聞くようにこちらを見たので、思わず目を逸《そ》らす。

――なんで目逸らしてんだろう。

疑問は膨らむ。しかしこれという回答が出そうにない。それが咲耶に不安を与《あた》える。

そんな咲耶に耕介は歩み寄り、軽く肩に手を乗せる。

「不安になることはない。咲耶には魔法がある」

咲耶は自分の中にもたげる様々な不安や恐怖を押し流《なが》すように目を細める。

「それに……」

無表情で何を考えているのか読み取り困難な耕介の顔を覗き込む。

「耕介がいてくれる」

咲耶はそう言って肩に乗った耕介の手をしっかりと握り、優しく微笑んだ。

「デレデレやってんじゃねえ！　行くぞ！」

須崎にまくし立てられ二人は車に飛び乗る。

車は轟音《ごうおん》を立てて街中を駆け抜けていく。真上に首都高速道路が迫るが、下道のまま須崎はハンドルを切って進んで行く。遠くに新宿のビル明かりが見えた。

＊＊＊＊

会食は何ごともないように進んでいく。あすみのことなど忘れたように話だけがずんずんと音をたてて進んでいくように感じる。話しているのはあすみの両親と津幡忠文ばかりで、津幡の両親はあすみと同じく言葉を発することなく、食事を優雅《ゆうが》に口に運んでいる。

「あすみさん」

突如《とつじょ》津幡に声をかけられ、夢想に耽《ふけ》っていたあすみはどきりとする。

「食後に庭をまわりませんか？」

返答に困りあすみは目を白黒させる。しかしそんなことは気にも留《と》めず津幡は続ける。

「江戸《えど》期《き》に造られた庭で、将軍家も時折、角筈《つのはず》には静養に訪《おとず》れたそうです。明治期に入って少し改装されてしまったそうですが、ライトアップされた夜の庭はそれはそれで、大変美しい。いかがですか？」

ほとんど手をつけていない食事に目を落として、あすみは考える。

それもいいかもしれない。自分は津幡のことをそれほど知っているわけではない。もっと知る必要がある。この人と一生を共にするのだと考えれば。

「そう……ですね」

あすみは同意する。同意しながらそっと顔を撫《な》でた。

三人を乗せた車が角筈プリンスホテルの駐車場《ちゆうしやじよう》に停車する。耕介は窓から外を確認するが、その目にはどこのホテルとも変わらない老舗《しにせ》の立派な石造りの外装のみが目に入って来るだけだった。

「おい本当にここなのか？」

決戦の場にそぐわない優雅な雰囲気《ふんいき》に須崎は不満を漏《も》らしながらタバコに火をつけ、バックミラー越《ご》しにこちらを見る。

「僕らは既《すで》に敵の陣地《じんち》の中に入っているんです。この本に書いてある結界の法則が間違《まちが》っていなければ、先ほど説明した大きな結界の力を受信するように、この敷地内にもう一つの結界が張られているはずです」

耕介がそう言うと咲耶がそれに続く。

「敷地内に三角の魔方陣《まほうじん》みたいなのがあって、それがドーム状にこの敷地《しきち》を覆《おお》っています。視覚化はできませんが、意識を集中していれば潜《もぐ》る時に霧《きり》のシャワーを浴びているような感覚になるはずです」

「咲耶、大きさはどれくらいだい？」

「ここの敷地より一回り小さいくらいです。高さはあの辺くらいまで」

と咲耶は指をさす。

耕介はそれを見ると、メモ用紙に何やら計算式を書き出す。

「たぶんこれなら問題ないはずだな……」

計算式を見て耕介は頷く。咲耶と須崎はそれを見て眉間《みけん》にしわを寄せる。さっぱりわからないのだ。

「こんなことなら事務所の奴ら連れてくりゃよかったなあ」

奴らとは須崎の探偵《たんてい》事務所に所属する、変わった能力を持った彼の同僚《どうりょう》たちである。

「大丈夫です。今回は僕たちだけで何とかなります」

「どっからくるのかねえ、その自信は？」

ニヤニヤ笑いながら須崎はリラックスしたように伸《の》びをする。

「咲耶、さっき車の中で言ったことは憶えているね」

咲耶は大きく頷く。

「魔法を使う時は耕介の手を離さない」

耕介はよくできたというように彼女の頭を撫でてやり、次に須崎を見る。

「須崎、まだ拳銃《けんじゅう》は持っていますか？　なかったら別の方法を考えますが」

向き直って須崎は耕介を見ると、ニヤリと笑い懐《ふところ》からスッと拳銃を取り出《だ》して見せる。

「犯罪だと言ったでしょう……」

「でも、必要なんだろ？」

「今回だけです。いいですね」

「わーってる、わーってる」

「それを使うのは一回だけで大丈夫です。タイミングは……」

耕介は二人にこれからすることの段取りを説明していく。外に広がる古い西洋建築の老舗《しにせ》ホテルは静けさに包まれたままだ。短い説明と確認は終わった。

須崎は再びタバコの煙《けむり》を吐《は》き出し、そのままもみ消して灰皿を仕舞《しま》うと
「オラッ、忘れもんだ」

と言って耕介に白くたたんだ衣類を投げてよこす。受け取ってみればよく見なれた、実験の時に着る耕介用の白衣だった。いつの間に持ちだしてきたのだろうか。

「なにガチガチになってやがんだ。たのしい、たのしい実験の時間だろ」

ちゃかすように須崎は座席にふんぞり返る。

無機質な顔にも緊張《きんちょう》の色が浮《う》かんだのか、それとも須崎はそんな耕介の内心など、とっ

くにお見通しということか。

耕介は心の中で先日撤回《てっかい》した、大人な面を持つ男、という須崎の評価をもう一度改めながら白衣に袖を通した。

「行きましょう。たのしい実験の時間です」

まったく楽しそうな顔などできない耕介の代わりに咲耶がにっこりと微笑む。

三人はドアを開けると車外へ滑《すべ》り出した。

＊＊＊

庭内に流れる小川はさらさらと優しい音を耳に運び、敷石《しきいし》に点々と置かれた照明はできる限り光を絞られ乳白色を放ちながら、新緑のもみじの葉を裏側から照らし出し、幻想的《げんそうてき》な風景を作っている。

あすみは目を奪《うば》われて自分が話しかけられていることを忘れそうになるほどだった。

「……やはり」

言葉を沈《しず》めて呟いた津幡の声に思わずあすみは我に返った。

「あすみさんはこのお見合いには乗り気ではなかったのでしょうか？」

耳に入ってきた言葉を疑う余裕《よゆう》はなく、あすみは頭《かぶり》を振った。

「そんなことは御座《ござ》いません」

「しかし先ほどからずっと上の空ですよ。もしかして、もう他に心に決めた方がいるのではないのですか？」

あすみの脳裏《のうり》に一人の男性の顔が浮かぶが、すぐにそれを打ち消す。

――違う、違う。あれはそういうのじゃないんだ。自分もああいう人間になりたいという憧《あこが》れだっただけで、ただ背中を追っていたに過ぎないんだ。

「いません。なによりそういったことを考えたことはありません」

「そうですか。しかし……」

なにか思案するように津幡は庭に目を移し続ける。

「私はあすみさんと会うたびに、あなたしかいない、という思いが固まっていきます。これが私の片思いでなければ幸いなのですが」

それは津幡のプロポーズの言葉であった。

今、目の前の男は自分にプロポーズしてくれている。あすみは自分の生まれた家の事情を判《わか》っているし、それを受け入れる覚悟《かくご》はしてきていた。

困った時の神頼《かみだの》み、ということをあすみはしたことがない。しかし困った時、前に進めないと思《おも》ったとき思い浮かべる顔がある。辛《つら》くなった時に聞こえる声がある。いつも彼だったらどうする？　と考えて前に進み続けてきた。いつも笑顔でいられた。

言葉に詰まったあすみの耳にその声が聞こえた。

「あすみ」

幻聴《げんちょう》だと思いながら、しかし身体は振り返ってしまう。その先には耕介の姿があった。

耕介はこちらを呆然《ぼうぜん》と見つめるあすみから津幡忠文に目を向ける。

「はじめまして、津幡忠文さんですね？」

突然の闖入者《ちんにゅうしゃ》に津幡は焦《あせ》る様子すら見せずに平然と耕介たちに視線を向ける。

あすみは目を見開き、幻覚《げんかく》でも見ているようにぽんやりとしている。

「耕介ぇ？　あれぇ、咲耶ちゃんも、なんでぇ？」

いつもの口調のいつものあすみがそこにいた。咲耶は耕介の後ろから顔を出すと、あすみに手を振るかわりに握って開いてとして見せた。

耕介は一歩前へと出る。乳白色の光に映し出され、はっきりとその姿が庭内に現れる。

「あすみ悪かったね。君のお見合いのはずなのに」

彼女は何も言わず耕介の言葉に何度も頷く。耕介が来るのを待っていたかのように。

「どんな選択《せんたく》をしても人は後悔する。だから、あすみが今本当にしたい選択をしたらいい。それを言いに来た」

「……うん。うん、うん」

頷《うなず》く。何度も何度も頷く。

化粧《けしょう》が落ちそうなほどにぼろぼろと零れる雫《しずく》に、濡《ぬ》れた頬《ほお》を彼女はゆっくりとなぞる。

あすみは頷きながらいつの間にか嗚咽《おえつ》を漏らすほどに泣いていた。それなのに頬に触《ふ》れる手の感触《かんしょく》は、あすみの知る涙《なみだ》とは縁《えん》の遠いものだった。

「わたし……笑ってる？」

耕介は首を縦に振る。

そんな耕介を見てあすみは困ったような表情をしながら満面の笑みを浮かべ、それから津幡に向かって深く頭を下げた。

「津幡さん、ごめんなさい。私は家のために結婚することは覚悟していましたが、人を受け止める覚悟は全くしていませんでした。あまりに軽薄《けいはく》でした。どうか、ご容赦《ようしゃ》ください」

津幡は表情を変えることなくうっすらと笑いを浮かべたままそれを聞き、耕介たちに向き直る。

「参ったな。君たちは僕のお見合いをぶち壊《こわ》しに来たのですか？」

津幡が怒《おこ》っているようには見えない。楽しそうに笑っている。この状況下で。

耕介は津幡に無感情な表情を向け対峙《たいじ》する。

「そういうわけではありません。あすみにはあすみの人生を選ぶ権利があります。家の問題を彼女は受け入れる覚悟はしていました。しかしあすみは家の問題と人の問題をごちゃ混ぜにして考えてしまった場合、大きな間違いを犯《おか》すかもしれない。家に嫁《とつ》ぐことと人に嫁ぐことは、引き起こされる結婚という現象は同じでもまったく別のものです。それに後で気づいてしまったら、あすみだけではなく津幡さんも後悔することになってしまいます。まずはそれを正すことが必要と思いましたので」

淀《よど》みなく耕介はそこまで言うと、あすみを見る。

あすみは笑顔で頷《うなず》く。

「なるほど、つまりあなた方は私たちが後悔しない人生プランを設計するために、助言をしに来たということですか？」

「いえ、僕はあすみにそう言いに来ただけです。あなたの人生プランには関与《かんよ》するつもりはありません。あすみは僕の、大切な友達ですから。ここから先は科学者として行かせてもらいます」

振り払《はら》うように言う耕介の態度は、無表情と相乗効果で冷徹《れいてつ》に津幡に投げかけられる。

にも拘《かかわ》らず津幡の表情は崩《くず》れない。

「さあ……実験の時間です」

崩れない笑顔と、崩せない無表情が競《せ》り合《あ》うように対峙していた。

「少々ヒントが少なすぎるのではと思っていましたが、どうやらあの方の計算式通りだったようですね。しかしここから先を科学がどうにかできると本当に思っているんですか？」

腕を自らに巻き込むように構えた津幡に、須崎は銃口《じゅうこう》を向ける。

「てめえ、なにが目的だ？　とっとと白状しやがれ！」

引き金に指が触れそうになる須崎を耕介が手で制す。

「おい、耕介！」

「あの人は普通《ふつう》の人間じゃありません」

耕介の言う普通の人間じゃないというのは、異常者という意味ではなく、特殊な技能を持った人間ということだ。須崎は理解したらしくその場に踏《ふ》みとどまる。

「彼の特殊技能はおそらくは土遁《どとん》です」

「なんだ、ドトンって？」

須崎は津幡を睨みつける。

「お見せしたほうが解りがいいでしょう」

津幡はそう言った次の瞬間に、地面へと溶けるように足元からストンと消えた。

「なはっ！　なんだ、どこ行った？」

須崎が消えた地面に目を凝《こ》らすが何処《どこ》にも姿はない。

「耕介ぇ、これってぇ……」

「目的は僕《ぼく》であり、その延長線上にいる咲耶だ。そうでしょう、津幡さん」

耕介の問いに答えたのは津幡ではなく、津幡の声をした初老の男女だった。

「察しているようですね。お分かりの通り、あなたが目的です」

――やはり咲耶が言った通り、身体を分解した場合、一時的に精神を入れておく器が必要だったんだ。だとすれば、あの初老の二人は……津幡の両親だろうか？

「あなたに何かがあれば咲耶ちゃんは必ず使うでしょう」

そう言うや、二人は開いた手をかざし真横に一閃《いっせん》する。

「須崎、あすみ！　離れるんだ！」

耕介が叫《さけ》ぶのと同時に須崎が獣《けもの》のような跳躍《ちょうやく》をし、あすみを抱き抱《かか》えて庭園の端《はし》まで距離を取る。園内の木々が、土が、見る間に削《けず》り取《と》られ空気中に消えていく。気がつくと耕介と咲耶の足元だけを残してドーナツ状に庭園は消失していた。眼下には深々と底の見えない暗やみが横たわっているだけである。

「素晴《すば》らしい判断ですね。この増幅結界の中では私の力も強くなっているようです。とはいえあすみさんを消したりするようなへまはしませんよ。そちらの探偵さんはどうかわかりませんでしたがね」

初老の二人は茫洋《ぼうよう》とした笑みを浮かべる。

「くっそ！　やってくれるじゃねえか！」

銃《じゅう》を構えなおした須崎が初老の男女に狙《ねら》いを定める。

「須崎、撃《う》ってはいけません！」

「だけどよ！」

「あの人たちはただの器です。津幡さんではありません」

耕介は用意してきた60リットルのポリ袋を足元に置く。その口は固《かた》くゴムで縛《しば》られており、中には水が僅かに入っている。

「彼らが使うのは妖術《ようじゅつ》の土遁。咲耶が本来使う精霊《せいれい》を使役《しえき》する魔法とは別のもの。ただ肉体を分解する際の様子が土に溶けるように見えるから土遁と言われているだけで、彼自身はこの空間全体に四散しているんです」

「なんと、そこまでわかっているんですか？」

次の瞬間、初老の男女から魂が抜け出《で》たように倒れるのと同時に、津幡が耕介の真後ろに具現化し腕を固める。その津幡忠文にはもう片方の手が無い。手首から先がすっぽりと切り取られたように消えている。そして手首を耕介の頭に押し当《あ》てる。

「殺すつもりはありません。あなたたちが私の指示に従ってくれさえすれば……」

津幡は微笑《びしょう》をもらす。

「私たちの言う通りに咲耶ちゃんに魔法を使ってもらえば、何もしません」

「逆らったら、なーにすんのっ？」

銃を構えたままの須崎は凶暴《きょうぼう》な笑い顔で津幡を見据《みす》える。しかし津幡は動じない。

「その場合はこの押し当てた手を再び物質化します。大倉耕介君の頭が内側から抉《えぐ》られると言うだけです。それとも他の人たちと同じようにこの場所から蒸発してもらいましょうか？」

固められた腕の痛みを呑み込むように深く息をつき、耕介は咲耶に向き直って開いている手で頭を撫でてやる。

「水の精霊の要素は飛んでいるかい？」

咲耶は周りに目を凝らす。

（でれーい！　こっちはいつでも恋《こい》だ！）

（来い違いだ）

(ほんとだ!)

二本足のユーモラスな姿が幾つも浮かんでいる。

耕介たちには見えない水の要素たちが咲耶の視線の先に飛び回る。咲耶がそれを目で捉《とら》えて「はい」と言うのを見て、耕介はちゃんと要素たちが集まっていることを確信する。

「魔法を使う時のようだ。隔界《かくかい》の扉《とびら》を開くよ」

「はい。絶対離しません」

咲耶は両手で耕介の手を握った。

「さあ、隔界の扉が開く魔法を使ってください」

津幡は優しく話しかけるように咲耶を促《うなが》す。咲耶は津幡を睨みつけ、片手を耕介から離し、耕介が投げ捨てたポリ袋《ぶくろ》に向かって意識を集中する。

(およびだ!)

(およびがかかってるぜ!)

水の精霊の要素たちがポリ袋の周りに集まる。咲耶は二本の指を真上にし空間を切る。

僅かに穴が開きそこから光が漏れる。その光に水の要素たちは集まり精霊へと昇華《しょうか》していく。

「動け」

同時に袋の中の水が胎動《たいどう》を始めた。

その時、咲耶が入れた隔界の光を放つ空間の切れ目に亀裂《きれつ》が生じ、全域に拡大し次の瞬間には上空は薄《うす》い氷がバラバラになるように割れて、破片《はへん》たちは光になって消えた。音すらも空間に呑み込まれて消えていく。耳が痛くなるほどの静けさが全体を包《つつ》んだ。

上空には別の空間が顔を覗《のぞ》かせる。

垂直に切り立った床《ゆか》が空まで続いている。その床から両脇《りょうわき》に突き出した漆黒《しっこく》に光る木柱が幾本《いくほん》も立ち並び、大社を思わせる異界が姿を現した。中央には咲耶と変わらない女の子が鎮座《ちんざ》している。長い髪《かみ》は漆黒の木柱に溶け込むように床までを覆い、白い肌《はだ》はその空間とは対照的に彼女の存在を際立《きわだ》たせる。咲耶は魅入《みい》られるかのように空を見つめた。

「……磐長《いわなが》」

呟くように咲耶は言った。

「咲耶、どうしてこっちに来ないの？」

「だって……」

「あなたの運命はここに来るために在るんだよ。為《な》すべきことを為すために在るんだよ」

「でも……」

「未練？」

戸惑《とまど》いを浮かべ咲耶は首を振る。

「……自分が為すべきことは判ってる」

「じゃあ、何故《なぜ》咲耶はそんな顔をするの」

返答を迷うように咲耶は足もとを見た。

「どんなに逃げても、運命を変えることはできない。咲耶はこの世界に来るために生まれてきた。そして私もそう」

「ねえ、磐長もこっちにおいでよ。とても楽しいんですよ」

「楽しい？　それはどういうこと？」

「知らない食べ物を食べたり、新しいことを知ったり、みんなで話をしたりするんです」

「それが楽しいことなの？」

上空に現れた世界に魅《み》せられている咲耶を目《ま》の当たりにして、初めて耕介はこの計画の意図を察した。

増幅結界によって咲耶に隔界の口を最大値まで開かせる。上空にいるあの女の子はおそらく磐長媛《いわながひめ》。だとすれば津幡が仕組んだこの計画は、二人を引き合わせ、強制的にこの場で『時詠みの追難』を実行すること。

——やはりこの増幅結界を壊さなければならないのか。

耕介は高く上空を見上げた。

＊＊＊＊

磐長は知らない。ずっと隔界で生き、隔界で育ち、『時詠みの追難』のためだけに生きてきたのだから。だから教えてあげたい。

「世界はとても楽しいんです」

「ごめん、わからない」

「だからこっちに来よう。一緒に知ろう」

「ごめんそれもできない。私は『時詠みの追難』をするために生まれて来たから。それはあなたも一緒。咲耶、こっちへ来て。でなければ力ずくでも来て貰《もら》う」

――そうか、自分はそのために生まれて来たんだ。

咲耶のうちでその運命が諦念《ていねん》ではなく、あるべきものとしてしみこんでくるようだった。気持ちが磐長の運命と同化するように咲耶の身体を包み、重力が反転する。咲耶はゆっくりと目を瞑《つぶ》った。咲耶の身体と精神が乖離《かいり》し始めたのだ。

しかし引き寄せられる重力と心に反発するものがあった。何かが自分をこの世界に繋《つな》ぎ止《と》めている。

耕介の手がしっかりと咲耶を握り返していたのだ。

「咲耶、早く！」

耕介の口がそう言っている。

——そうだ、私はまだ行きたくない。耕介とあすみと三人でごはんが食べたい。新しいことも知りたい。もっと耕介と一緒にいたい！

「耕介！」

呪縛《じゅばく》が解き放たれ、咲耶の耳に音が甦《よみがえ》る。しかし逆転した重力は、なおも咲耶だけを隔界へ引き込もうとする。

「耕介！　私はまだみんなと一緒にいたいです！」

「ああ、早く帰って夕飯にしよう。今日は何がいい？」

この状況で夕飯の話。咲耶は思わず笑ってしまった。そして車の中で耕介に言われたことを思い出す。

——耕介の言った通りなら、水の精霊の二本の足を引っ張れば……。

「こっちへおいで！」

咲耶は水の精霊を自分の下に呼ぶ。水の精霊は、咲耶の下にやってくると、何ごとかと目を瞬《まばた》かせる。目の前にやってきた精霊の足を、あいた手でしっかりと掴《つか》む。

「ごめんね」

咲耶は不恰好《ぶかっこう》な二本の足を思いっきり引っ張った。

（でれーい！）

と言った次の瞬間に水の精霊はまったく別の、二つの精霊に変化していた。同時にポリ袋の中に入っていた水が気体に変化し、パンパンに膨れ上がる。膨れ上がったポリ袋はゆっくりと風船のように宙に浮いて咲耶の真上へ昇《のぼ》っていく。

——なんで？　いったい精霊に何が起こったのだろう。

「須崎、今です！」

「ぬあっはははは！　俺《おれ》に命令すんなあ！」

高笑いと同時に須崎は照準を合わせることもなく、流すように銃口を向けて撃った。

「伏《ふ》せろ！」

次の瞬間、天空に轟音《ごうおん》が鳴《な》り響《ひび》いた。地面を揺《ゆ》らすほどの、空間を引《ひ》き裂《さ》くほどの音の洪水《こうずい》。

咲耶の背に爆圧がのしかかる。爆発《ばくはつ》の衝撃《しょうげき》は真下にいた三人に降り注ぐ。

物理障壁の張られた黒衣が爆圧に反応して、意思を持ったかのように咲耶を守る。

「おねがい、耕介も守って！」

その言葉に反応するように黒衣はたなびき、咲耶を抱きとめた耕介までも包み込む。

耕介を束縛《そくばく》していた津幡だけが爆圧にひきはがされ激流に呑み込まれた。

敷地内《しきちない》を覆っていた結界が、増幅された空気によって物理的に砕《くだ》け散《ち》っていく。破片はキラキラと輝《かがや》き、夜の中でそこだけに星が降り注ぐようにゆっくりと舞《ま》い落《お》ちて、地上に触れる前に空気の中に消えていく。バランスの崩れた空間を維持《いじ》していたものがなくなり、隔界の扉が霧の中へと消失していく。

一瞬《いっしゅん》だけ咲耶の視界の端《はし》に磐長の姿が映り込んだ。悲しそうな顔をしているように咲耶には見えた。

——磐長……ごめんね。

咲耶はそのまま目を閉じる。

磐長の姿が霧の中へと吸い込まれるように消えていき、空間は元の姿を取り戻す。

そこには消失したはずの庭園が僅《わず》かに趣《おもむき》を変えて元通りになっていた。大質量を消したのだ。やはりどこかが欠損したのだろう。それでもなお、庭園の姿に戻す津幡の消失技術、保存技術は優《すぐ》れたものであることは、目に明らかであった。

磐長が消え、清浄化《せいじょうか》された空間に『時詠みの追難』を行う力はもうない。

リニエッジ機関要員、津幡忠文の計画が完全に瓦解《がかい》した瞬間だった。

その場に倒《たお》れ込んでいた津幡はふらりと火傷《やけど》に覆《おお》われた身を起こす。咲耶は咄嗟《とっさ》に立ち上がり声を発するが爆音《ばくおん》に耳がやられて、誰も聞き取ることができない。津幡は咲耶ではなく、耕介をジッと睨《にら》みつけるように見る。そこには先ほどまでの笑い顔は消え去っていた。

そして次の瞬間にはその姿は地面へと溶けるようにして――消えた。

咲耶はゆっくりと息を一つ吐くと、先ほどまであった状況が次々に頭の中に浮かんでくる。

自分は完全にあちらの世界に魅入られていた。もしあっちに行っていたらと考えたとたんに泣きそうなほど怖くなった。しかしその恐怖と同時に耕介が固く握ってくれていた手の感覚が、どうしようもないほどにうれしくてならなかった。

その気持ちをどう表現していいのかわからず咲耶は、起き上がろうとする耕介の背中を抱きしめた。

耕介は約束を守ってくれた。

うれしくて、むずむずして、抑えきれなくて……。

耕介の肩に手をまわしたまま、もう一度思い切り抱きしめて離さない。そんな咲耶の頭を耕介は優しく撫でてくれた。

「――――」

耕介が何か言ったが、咲耶には聞こえない。

「――――――！」

咲耶も耕介に言う。今素直《すなお》に思ったことを何も隠《かく》さずに言う。

しかし、今はお互《たが》い何も聞こえていない。残念な気持ち半分と、聞こえなくてよかったという気持ち半分。大人は複雑だなあ、と咲耶は涙を浮かべながら苦笑いした。春の花が咲《さ》くような苦笑いだと思った。

耳が聞こえ始めるまで、皆しばしボーッとしていたが、聞こえ始めてから状況《じょうきょう》の説明に入る。主にしゃべらねばならないのは耕介の分担だった。

「暫定的《ざんていてき》に出した僕の推論で、魔法《まほう》と物質は近しいものだと結論付けたんです」

咲耶は不思議そうに首をひねる。

「水の精霊はなんで足をひっぱったら別の精霊になったんですか？」

「あれはね、顔に見えていた所が酸素、足に見えていた所が水素だと考えたんだ」

と言われたが咲耶は酸素も水素も知らないので、更《さら》に首をひねる。

「咲耶に描《か》いてもらった精霊の姿を見た時、ある程度確信はありました。この敷地を覆っていた結界に関しても、この本の解釈《かいしゃく》から物理的に破ることができると思い、今回の作戦を立てました」

『魔術研究・総論　上』を耕介は出して見せる。須崎は苦い顔でため息を吐く。

「だからってさあ、なんだよあれ。水素と酸素の爆発実験だったら理科室でもやったけど、もっと可愛《かわい》いもんじゃないのかよ」

「その点については説明不足でした。あれは『ハウザーの式』の応用なんです」

「あれか。北斗《ほくと》の……」

「違います」

須崎の南斗《なんと》六聖拳《ろくせいけん》的勘違《かんちが》いは即一蹴《そくいっしゅう》される。

「ダイナマイトなどの発破《はっぱ》の際に使う基本式を『ハウザーの式』と言います。密閉された空間内で爆発を起こすと通常よりも効果が倍増するんです。爆竹《ばくちく》を考えてもらえばわかりやすいと思います。爆竹内の火薬だけだとチョロチョロと火がついて終わりなのですが、密閉された状態だと知っての通り、はじけ飛ぶような爆発をします。今回は結界が物質的殻《から》のようになっていることを前提として、それを打ち破るように効果を倍増させるという仕掛《しか》けを考えたんです」

「俺たち爆竹の中にいたってことか?」

文句を言いながらも須崎は満足そうな顔をする。

「もちろん密閉度、殻の硬質《こうしつ》、爆発量で効果は変わってきますし、増幅結界の中だったので、咲耶の魔法がどこまで増幅されるかは計算できませんでしたが、結界が割と大きかったので安心しました」

すっかり一張羅《いっちょうら》のドレスを汚《よご》してしまったあすみは両親に散々怒られてから戻ってくると、「しかられちゃったぁ」とうれしそうに言った。

不思議なことに、両親は今日東京に来た意図を全《すべ》て忘れてしまっていて、あすみを怒っている最中に、不思議がりながら有耶無耶《うやむや》になってしまったという。

「それについては、おそらくは催眠《さいみん》だと思うよ。全てが終わってから、忘れてもらうか、記憶《きおく》の上書きをしようとしていたかもしれないけどね」

「へぇ、なんだかよくわかんないことになっていたんだねぇ」

まったくと言っていいほど巻き込まれた緊張感など漂《ただよ》わせる素振《そぶ》りも見せず、あすみは笑っていた。

「でもあれだねぇ。記憶を上書きされなくてよかったぁ」

「なんでですか?」

と皆《みな》が気になったことを咲耶が聞いた。

「そりゃぁ、聞きっこなしだよ咲耶ちゃん。女の情けでさぁ」

咲耶は女の情けとは一体何のことだろうかと首を傾《かし》げるが、これと言った回答は導き出せなかったのか不思議そうに眉間に皺《しわ》を寄せた。

「どちらにしても、今回のことは咲耶を狙う機関の、ある人間が書いた台本の上を僕らはその通りなぞって歩いていたことになります。個人データもかなり精密にリサーチされていますので、敵と考えれば恐ろしい相手ですね」

そういう耕介から緊迫《きんぱく》感のようなものは微塵《みじん》も感じられない。いつものむっつり、のっぺりとした、ただの無表情がそこにある。

そんな耕介を見ていた咲耶は満面の笑みを湛える。

「またあの人たちが来ても大丈夫《だいじょうぶ》です」

咲耶の信頼《しんらい》がその笑顔《えがお》から伝わってきた耕介は、静かに頷いてみせる。

説明を終えた耕介は、最後に懸案となっていたことを須崎に向けた。

「須崎はどうしますか？　今回の一件、処理するとなると……」

「俺は知らねーよ。とりあえず上司には報告するけどさ。その先はどうなるかなんて、俺には関係ないね」

無責任に須崎はそう言って頭の上に腕を組む。

「でも嬢《じょう》ちゃんはどうすんだ？　また狙われるかもしれないんだろ？」

その言葉に咲耶の肩がギュッと強張《こわば》る。耕介は咲耶の中を駆け巡る不安を感じ取ると笑いかけるように頭に手を置く。36度4分の耕介が唯一《ゆいいつ》使える魔法だ。

「大丈夫、咲耶は僕が守る。自分から見える世界を僕は守る」

いつかの言葉だった。

咲耶はゆっくり俯《うつむ》いて、浮かんでくる微笑を誰にも見られないように隠した。

エピローグ

咲耶《さくや》が角筈《つのはず》プリンスホテルの一件のすぐ後、失踪《しっそう》した人々が突然《とつぜん》戻《もど》ってきた、というニュースを見たのは次の日の朝のことである。戻ってきた人々は、意識もはっきりしていて、健康上の問題はないそうだ。ただ、失踪していた間の記憶だけがないという。耕介《こうすけ》にそのことを聞いてみる。

「たぶん肉体を分解して、精神は津幡《つばた》さんの両親の中に保管しておいたんだろうと思う。前に咲耶が言っていた通り、長期間分解し続けると全てが元に戻るわけではなく、一部欠損しているようだしね」

健康状態は良好とニュースは言っていた。どこが欠損したのだろう？

「分解されてる間の記憶だよ。おそらく津幡家というのは、何を欠損させて、何を残すかを選択できるほどに高い技術と術式を備えているということなのだろうね」

耕介はテレビのニュースショーを見ながら腕を組んでいた。

あれから何日たっただろうか。その間、咲耶は耕介とあすみと三人の食事を幾度《いくど》もした。

場所はいつも自宅だったが、咲耶はそちらの方が好きだった。たまに須崎《すざき》もビールを持ってやってくる。大体が一方的な無駄話《むだばなし》だが、それほど悪い人間ではないことは充分《じゅうぶん》わかった。

彼の話では失踪した人々が無事帰ってきたことで、この件に関しての調査は終了《しゅうりょう》ということになったそうだ。

四月も終わりに差《さ》し掛かって、外の陽気は暖かく自分の黒衣の横に耕介の実験用の白衣を並べて干していると、あすみがやってきた。

「咲耶ちゃん、遊びに行こぅ！」

土曜の昼時。耕介はリビングで本を読んでいたが、あすみの来訪を待っていたように右手を上げる。耕介の学校は、今日は休みだと聞いていたが、どうやら用事があるらしく、いつかのようにあすみとお出かけということらしい。

三人でマンションを出ると私鉄に乗り、新宿駅で地下鉄に乗《の》り換《か》える。耕介の学校の近くにはおいしいお店が多いらしく、あすみはどの店がいいかと話しかけてくる。咲耶が、食べたことのない物が食べたい、と告げると、あすみは

「じゃあラーメンだぁ！」

と決定して浮き浮きしていた。

校門のところで耕介と別れると、あすみに連れられラーメンを食べに行く。細長い小麦粉を練った食べ物が、存外珍《めずら》しく食べ方が解《わか》らずにあすみの真似《まね》をして口に運んだ。

「お酢《す》を入れるとおいしいんだよぅ」

あすみがそう勧《すす》めてくれるので自分も入れてみたが、個人的には何も入れなくてもいいかなとも思った。

食べ終わると外に出てしばらく街の中をぶらぶらとし、それから喫茶店《きっさてん》に入る。目の前の大通りを挟《はさ》んで、耕介の学校の門が見えている。二人は窓辺の席に座《すわ》り、あすみはコーヒーを注文し、咲耶はミルクティをお願いした。その間も咲耶は何度も校門をチラチラと確認《かくにん》する。

「気になるぅ？」

自分の行動があすみに見られていたことに気づいて、慌《あわ》ててしまった。

「いえ、別に。ただ、いつ出てくるかわからないですから……」

目を泳がせながら落ち着きなくテーブルの縁《ふち》を両手で撫《な》でるのを、あすみがニコニコとしながら見つめる。なんだか咲耶は落ち着かない。

「耕介ってさぁ、頭いいでしょぅ」

全く否定する要素が見つからない咲耶は「はい」と答える。

「人の心の中まで全部読み取ってるみたいじゃない」

それにも否定の余地はない。自分の知っている以上に、耕介のほうが自分を知っている。

「だけどねぇ、そうでもないんだよねぇ、あいつ」

あいつ、というのが咲耶には引っかかる。二人の親密さ、二人が過ごした長い時間を感じずにはいられない。決して今の自分に追いつくことのできない時間の壁《かべ》。

「耕介は私の思っていることをすぐに見抜《みぬ》いてしまいます。話していないことまでお見通しですし……」

「そうそう。そうなんだよねぇ。でもさ、それってなんでか知ってる？」

「え？」

そう聞かれて初めて疑問が浮かんだ。

「耕介のお母さんの話聞いた？」

それは以前、耕介の口から聞いた。不慮《ふりょ》の事故、とはとても呼べない事件。無表情の中に見えた語ることも辛そうな耕介が甦る。

「なにぃ！　咲耶ちゃん、耕介から聞いたのか。あいつ、あたしには話さなかったくせに」

驚《おどろ》いた。耕介はあすみに話していなかったのだ。関係性や信密度を考えたら、二人の間で話されていても全くおかしくはない。それにあすみは何故《なぜ》耕介が話していないことを知っているのだろうか。

「あたしと耕介、地元が一緒《いっしょ》でしょう。だからその事件については、周辺住民のほうが詳《くわ》しいくらいだったから、おのずと耳に入ってきちゃうのよぅ。何処《どこ》までがほんとかわかんないけどねぇ」

　そこまで笑っていたあすみの顔が僅《わず》かに変化する。

「ここからはあたしの勝手な予想だけどねぇ」

と咲耶にことわりを入れ、話を続ける。

「あいつの無表情。そのせいだとは思うんだけどさぁ、それ以上に、たぶんその事件からあいつ周りに気を使いすぎなんだよぅ」

　困ったような顔をして笑うあすみ。咲耶はなんとなく言おうとしていることがわかった。

「ほんと困ったもんだよぅ。あいつ、周りの人間が幸せになれると思ったら、なんでも捨てちゃうんだよぅ。お母さんを助けられなかったから、自分の周りの人だけは困っていたら必ず助ける、って思ってんだろうねぇ。自分のことなんか二の次、三の次でさぁ。耕介自身が幸せになることなんて、微塵《みじん》も考えてないんだよぉ。あいつの唯一の弱点だね」

　でもそれなら納得《なっとく》がいく。耕介の他人への気の使い方はちょっとやそっとじゃ真似はできない。いや、気を使うどころじゃない。耕介は咲耶のために命を捨てるような場所にでも平気でやってきた。途中《とちゅう》で投げ出すことだってできただろうに。

「だからさぁ……」

あすみの顔がパッと明るくなる。咲耶の顔に何かついてるんじゃないか、というほど覗《のぞ》き込み、白い歯を見せながら小声になる。

――なんだろう？

「ちゃんと言わないと伝わらないよぉ。あいつ自分が幸せになることは一切考えてないからさぁ」

「ど、どういうことですか！」

言われたことに察しがついてしまったし、自分が察してしまったことに慌てた。手元にミルクティのカップをにぎっていたら、間違いなく落としていただろう。

「どういうことですか、ってそういうことでしょう、咲耶ちゃん」

テーブルの縁を握っていた十指がバラバラにむぎむぎと動く。明らかに動揺《どうよう》する咲耶。

「そういうことってなんですか！」

「そういうことって、そういうことぉ」

「だ、だだだだ、だから、何のことか、わわわわ私には……」

「言っちゃっていいのぉ？」

と言うとあすみは口元に手を寄せ、身体を前に出して咲耶の耳元で囁《ささや》く。

「————でしょう」

顔が音を立てて赤くなるのが自分でわかる。耳の毛細血管を流れる血流の音が聞こえるほどだった。

「そ、そそそれなら、あすみだって同じじゃないですか！」

「えっ⁉」

と疑問符《ぎもんふ》を発したあすみは瞬時《しゅんじ》に咲耶と同じ状況になる。

「そそそそんなことないよぅ！　あたしのは、咲耶ちゃんのそれじゃなくってぇぇぇ……そう、親心みたいなもんでぇ、咲耶ちゃんのそれとは同じじゃないんだよぅ！」

同じ内容を二回言っていることに気づかないあすみの慌てっぷりに、店員はお盆《ぼん》を持ちながらちょっとつっこみたい気持ちを我慢《がまん》する。

「おんなじですよ！　じゃあ、耕介に恋人《こいびと》ができたらどうなんですか？」

「そそそんなことは、あの鈍《にぶ》ちんに限ってありえないよぅ！」

と言ったところで、あすみ自身が気づいていなかった本音が顕《あら》わになった。耕介が幸せになるならなんだっていい、と思う半面、耕介は自分が幸せになることを考えていない、ということも、あすみにはわかっていた。だから彼女は安心していたのだ。しかしそれが矛盾《むじゅん》していることだと気づいたのだろう。だから、初めてあすみは自分の気持ちがはっきりしてしまい、落ち着かなくなる。

咲耶がテーブルの隅《すみ》を見ながら呟《つぶや》く。

「……やっぱり、そうなんじゃないですか」

あすみは窓の外を見る。

「………そう……かなぁ」

お互い別々の方向に目を移し、咲耶は膝《ひざ》の上でゲンコツを握り、あすみはメニューを団扇《うちわ》代わりに熱くなった頬を扇《あお》ぐ。

二人とも、今の自分に必要なのは冷静になることだと気づいた。

店員は遠目にそれを見守りながら、耕介という男に思いを巡らす。お盆に鎮座するお冷の氷が溶けてカランと崩れた。


「どう話すべきか迷っていました」

耕介は沖島《おきしま》教授を前に、今日ばかりは憂鬱《ゆううつ》な表情が自分にも浮かんでいるのではないかといぶかしむように彼と対峙していた。

「君が迷うなど珍しい」

「そうでもありません。基本的に僕は迷ってばかりいるので、どれが正しい判断か見当をつけかねることはしばしばです」

「そうなのか。私にはそうは見えなかったがね。教員としては失格ですね」

「そんなことはありません」

椅子《いす》に座りなおす沖島は、本題に入ろうかと言うようだった。耕介にはすぐにわかったその意図に、深く息を吸う。

「咲耶に関することをお話ししたいと伺《うかが》いました」

頷《うなず》き返し沖島は話すように手で勧める。

耕介は咲耶を中心とした今回の一件を事細かに話していく。沖島は相槌《あいづち》一つ入れずにその話を聞いていた。

話し終えると耕介は窓の外に目線を移し、躊躇《ちゅうちょ》するように開きかけた口を一度閉じてから沖島の顔を見る。身じろぎもせず沖島はその先の言葉を待つように動かない。罪に苛《さいな》まれ、刑《けい》に服す囚人《しゅうじん》のように沈痛《ちんつう》な面《おも》持ちで耳を傾《かたむ》けている。

沖島は待っている。早く自分の贖罪《しょくざい》を裁いてくれと言うようにただ静かに。

「この狂言《きょうげん》回しの台本を書いたのは沖島教授、あなたですね」

「——何故《なぜ》私だと？」

「沖島教授が仰《おつしや》りました。機関要員は完全秘密主義で誰にもその存在を知られることもなく行動する組織だと。誰にも知られてはならないものを知っている沖島教授はリニエッジ機関要員だと……そう判断しました」

沖島教授は心苦しそうに苦笑いをする。

「私としたことが、とんでもない凡《ぼん》ミスだな……」

「それに、僕を中心とした状況に対する把握《はあく》の仕方は、少なくとも僕の周りにいる人間ではないかとは薄々《うすうす》感じてはいました」

「なるほど……」

「僕の交友関係の中から適切な人材を抜《ぬ》き出し、偶然《ぐうぜん》のようにそれらが集まり『時詠《ときよ》みの追難《ついな》』をする場所に咲耶を導いた」

「しかし何故私がそんなことをする必要があるのかな？　私がリニエッジ機関要員ならわざわざ大倉《おおくら》君に咲耶を預ける理由などないじゃないか。そのまま咲耶を連れていけばいい」

耕介の言う論理の穴をついてくる沖島教授は、自分の罪をすべて暴《あば》き、断罪しろというようだった。

「教授が咲耶を僕に預けたのは、咲耶の命を守ることを最優先に考えたからだと思います」

「どういうことかな？」

「一番重要なことです。咲耶は沖島教授の元にいた。だから、『時詠みの追難』をするために、磐長《いわなが》に会わせるだけだったら、最初から可能だった。しかし咲耶は魔法を使うことができる。隔界《かくかい》の扉を開かず精霊を使役しない魔法で抵抗《ていこう》した場合、おそらく咲耶は殺される。咲耶の前には短命と記憶喪失《きおくそうしつ》の恐怖《きょうふ》と同時に、死に対する恐怖が纏《まと》わりついていたのです。だから教授は咲耶が抵抗せずに隔界の扉を開ける環境《かんきょう》を整える必要があった。教授は咲耶が殺されることだけを避《さ》けるために、この計画を立てたんです」

「まだ説明がつかないことがある」

沖島の目は鋭《するど》く光る。

「私がなぜそこまでして咲耶を守る必要があるのだね？」

「それは一番説明しやすいかもしれません」

耕介は少しだけ肩から力を抜く。一番重要なことであり、そしてこの計画の計算式に唯一血の通う、人間の心が入った部分だったからだ。

「三年前リニエッジ機関が咲耶に近づいたときに、隔界の魔法の師匠《ししょう》に彼女を預けたのは沖島教授ですね」

沖島教授は無言でうなずく。

「隔界の扉はこの国に於《お》いては木花《このはな》家、磐長家の人間しか開けません。あなたは隔界の友人に咲耶を託《たく》した」

沖島は深く息をつく。

「教授がリニエッジ機関の人間では、と考え出した時から可能性を考えていましたが、間違っていないと思います。咲耶は……」

優しく微笑《ほほえ》むように、最後の救いである言葉を耕介は口にする。

「沖島教授のお孫さんですね」

初老のその男は顔を覆った。

彼が隔界の扉を開き咲耶を救ったのだろう。木花の血を引く彼が。

耕介は咲耶が沖島の孫であるのではと考えた瞬間《しゅんかん》、リニエッジ機関が下した判断を、沖島教授が抱える葛藤《かっとう》を見た気がした。そして沖島教授が抱えていた苦悩《くのう》に思いを馳《は》せた。

今の今まで誰にも沖島教授が打ち明けられなかった事実。

リニエッジ機関だけがそのことを知り、咲耶に隔界の扉を開かせる計画が考案され、血《けつ》縁者《えんしゃ》である沖島が適任だ、という安易な判断が下されたのであろう。しかしその安易な判断に沖島教授が一番苦しんだに違いない。

誰にも話すことなどできない、孫の咲耶にすら真実を伝えられない沖島の立場だった。

咲耶は沖島教授の息子《むすこ》とその妻の間で、世間からは隔絶《かくぜつ》されていたとしても普通に育った孫であり、その孫の幸せを願うのは人の情だ。そして彼女に『時詠みの追難』をさせるのが彼《かれ》の機関員としての務めだった。しかし、その二つが交わることは決してなかったのだろう。

どこに於《お》いても集団を形成するものは共通認識《にんしき》である。人が手に入れた共通認識の方法は言葉であり、言葉は論理である。論理は狭《せま》い場所の特定の少数の中で洗練しすぎると、時として狂暴化《きょうぼうか》し、極論へと導かれる。

リニエッジ機関が『時詠みの追難』をするために沖島に突《つ》きつけられた極論は、儀式《ぎしき》の実行か、咲耶の死だけだった。

咲耶には幼い頃《ころ》から『時詠みの追難』をするために生まれてきたのだ、という教育がされている。しかしその半面で、彼女の両親や師匠はその因習を断《た》ち切《き》ろうとした。咲耶の脳裏にはその人々の意思が生きている。

それはつまり咲耶が『時詠みの追難』に疑問を持ち、また反抗《はんこう》することが容易に想像できたのである。

耕介は項垂《うなだ》れる沖島を見ながら思う。咲耶が殺されると判断した沖島教授は自分の知識を総動員して考えたのだろう。咲耶の命を守る方法を。

「君はどうする?」

漠然《ばくぜん》とした質問だった。だが耕介には沖島教授が何を質問したのか理解していた。

「これからも咲耶を守ります。あなたはどうか僕が解けるくらいの難問を用意し続けてください」

そう言うと耕介は一冊の本を差し出す。

「この本はお返しします」

今回の一件の最初に沖島教授から渡《わた》された『魔術《まじゅつ》研究・総論　上』だった。

「この本と……それから津幡さんがいてくれなかったら、僕は咲耶を救うことができませんでした」

「……津幡が？」

「ええ、彼は早い段階で僕に手の内を見せてくれていました」

そう、須崎の所属する事務所の前で、耕介にその情報が伝わるように……。

「まさか……あの男が……」

「津幡さんが何を考えてそうしたのかはわかりません。ただ……もしかしたら沖島教授の心のうちを一番理解してくれていたのは彼かもしれません」

「私の……心のうち？」

「ええ、咲耶をこの儀式から救いたいと望んだ……沖島教授は僕にヒントを残してくれた」

手に取った本に目を落とし沖島教授はうなだれる。

「買いかぶりだ。私にはそこまではできない」

沖島教授は望んでいた。無意識に、心の片隅《かたすみ》で。

「大丈夫です。あなたが望む限り、僕は最後に必ず彼女を救います」

そう言って耕介は席を立ち上がる。

沖島教授が当初考案した計算式には、角筈《つのはず》プリンスホテルまでたどり着き、隔界の扉を開かせることまでが台本に書かれている内容だったのだろう、と耕介は考える。咲耶を『時詠みの追難』から救うことは全く予期していなかったはずだ。台本の最後の最後で、耕介が思いもしないアドリブを入れ、成立させてしまった。ただそれだけである。

だが耕介は知っている。人は計算式では割り切れないものを無意識に心に抱えていることを。沖島教授の計算式の中にも存在していたのだ。

「最後に一つ、お聞きしてもよろしいですか」

息を呑《の》んで沖島教授はゆっくりと頷く。

「なぜ咲耶の世話役に僕を選んだのですか？」

沖島教授は耕介の顔を見ると心苦しそうに、しかし懐《なつ》かしそうに息を吐く。

「君以外に適任の人間なんていなかった。咲耶の孤独《こどく》を理解してあげられるのは君だと思った。大切な人を失う辛《つら》さを誰よりも理解している大倉君ならと思ったのだよ」

大切な人。母の最期《さいご》の言葉が頭をよぎる。なぜ沖島教授はそのことを知っているのだろうか？　それは自分の家族に降りかかった災《わざわ》い。なにもできなかった自分。

「私は君のことをずっと昔から知っている。君が感情の表現手段を失ったあの時からずっと君のことを知っていたんだ」

「どうしてですか？」

「君のお母さんは……私の生徒だったんだよ」

――ああそうか。沖島教授の授業を聞いている時に懐かしいと感じたのはそういうことだったのか。

脳裏に幼い日の記憶がよみがえる。母の語る物理学の話が沖島教授の姿と重なった。

耕介は深く沖島教授に頭を下げ退室した。

＊＊＊

私が望む限りか……。

呆気《あっけ》にとられた。計算しつくして、作り上げた計画の中に、沖島はそんな望みを抱《いだ》いただろうか？　背もたれに深く身を預け目を瞑《つむ》る。

「…………」

望んだかもしれない。咲耶が大人に成長し、いつか好きな人ができ、その相手と結婚《けっこん》し、子供を産み、育て……どこにでもある、何の変哲《へんてつ》もない家庭を築くという、人としての幸せ。沖島は青年に言われて、どこかで望んでいたのかもしれない、と初めて気がついた。

耕介が校門までやってくると咲耶とあすみが待っていた。いつかと同じような光景だな、と思いながらどこか二人がよそよそしくしていることに気がつく。とりわけ喧嘩《けんか》をしたようなよそよそしさではない。何ごとだろうかと思う。

「どうしたんだ？　なんだか二人とも様子が変な気がするが？」

言った途端《とたん》に「へんじゃない！」と二人が声をそろえて否定するので、追及はしないことにする。

女の子は何を考えているのかわからない、というのが耕介の本音だった。どうやら二人は自分のことを、よい理解者と認識してくれているようだが、二人の信頼にこたえられるほど何でもわかるわけじゃない。不機嫌《ふきげん》な顔をしているから、不機嫌そうだなと思うだけだし、楽しそうな顔をしているから、楽しそうだなと判断しているのに過ぎない。

今日はまだ日が高い。このまま家に帰るのももったいないような気がする。

「咲耶はどっか行きたいところとかあるか？」

耕介が聞くと咲耶はしばらく考えて、昨日テレビの番組で特集を組んでいた大型遊園地の名前を出してきた。時計をチラリと確認してみる。

「ちょっと遠いかな、今から行くには」

「そうですか。ちょっと行ってみたかったです」

「じゃあ、今度行こう」

「はい！」

弾《はず》んだ声で笑顔になる。今日はどうしたものか。

「じゃあじゃあ……」

あすみが割り込んできて、彼女の意見で新宿まで出てから映画館に行くことになった。確かに距離的《きょりてき》にも財布《さいふ》的にもちょうどいい。さすがはあすみだ、と感心する。

改札を出て、今日は土曜日なのだと気づく。まだまだ夜まで続く享楽騒《きょうらくさわ》ぎの前兆のように、どこもかしこも人で賑《にぎ》わっていた。咲耶はそのお祭り騒《さわ》ぎのような光景に目を丸くしてキョロキョロする。

歓楽街《かんらくがい》を通《とお》り抜け、大きな広場を挟《はさ》んで幾《いく》つもの映画館が看板を掲《かか》げている。見回しながらどの映画にするか二人と相談すると、あすみは筋骨隆々《りゅうりゅう》のハリウッドスターが戦場を駆け回《まわ》るアクション映画を選択し、咲耶は子供向けながらも思わず大人も涙を流すと定評のあるアニメを選択する。真っ二つに分かれた意見のどっちをとっても、悪い気がしたので、どちらの要素も含《ふく》まれたハリウッドの映画会社が制作した、全年齢《ねんれい》向けのCGアニメにすることにした。

二人とも文句を言わず、素直に了承《りょうしょう》してくれたことに耕介は胸をなでおろす。

映画は思っていた以上に面白《おもしろ》く、子供にも解りやすい内容ながら、最後にはほろっとさせるような後味のいいものだった。

もちろん耕介はラストシーンに感動しながらも表情が全く動く気配を見せなかったが、かわりに両脇の二人がそれを補うように号泣《ごうきゅう》していた。映画館を出た頃には外には夜の帳《とばり》がかかり、歓楽街はそれに反抗するかのように明かりを煌々《こうこう》と灯《とも》していた。

日の昇っていた時とは打って変わり、夜の顔に入《い》れ替《か》わった街には飲み屋の客引きやサラリーマンの団体、学生のサークルが闊歩《かっぽ》していて、耕介には少々肌に合わないな、と感じる。それは咲耶にしてもあすみにしても同じようで、三人は顔を見合わせて、帰って食事を作るという結論に達《たっ》した。

駅までの道、目の前を歩く大学生らしき三人組が、周りに憚《はばか》ることなく女性の好みについて話しているのが聞こえる。いつもなら気にも留《と》めないが咲耶がそれを聞いているのに気がついて、進路を移し路地を迂回《うかい》すると須崎の所属する探偵事務所が見えた。

そういえばあの事件が起きたのはここだな、と思った時、咲耶が話しかけてきた。

「やはり、そうなのでしょうか？」

伏せ目がちに不安そうな顔をする。そこであったことなど忘れたかのように人々が行き交う。しかし三人には忘れられるわけはなかった。

「どうしたんだい？」

「やはり男性の方は、胸が大きいほうがよいのでしょうか？」

そっちか……。

耕介はてっきり事件のことを咲耶が思い出したのかと思っていたが、咲耶が言っているのは、先ほどの大学生が話していた女性の好みについての内容だった。

「あの人たちの話だと……」

と言いながら咲耶の目線はチラチラとあすみの方に向いている。どういうことかは察しがついたので、あえて咲耶の目線の対象物は見ない。いや、直視することは男としての品性の問題から憚られる。

「やはりああいう方がいいのでしょうね……」

別にそんなに不安そうな顔をして悩《なや》むことでもないように思うのは、自分が女性ではないからだろうか？

「気にしない気にしない。咲耶ちゃんだってぇ、そのうちそこそこの大きさにはなるよぉ」

と言ってあすみは威嚇《いかく》するように胸を張った。それは慰《なぐさ》めではないだろう。どう考えても逆効果ではないかと耕介が心配するが、咲耶も負けていなかった。

「大丈夫です。たぶん私、あすみよりは大きくなりますから」

「そうなるといいねぇ。いつなるんだい？」

「いずれなります」

「まぁまぁ、いいじゃないのぉ。小さいほうがいい、という少数派も世の中には確実に存在するさぁ」

耕介は会話を聞きながら冷や冷やしていたものの、いつの間にか二人は砕けた関係が出来上がっていることに気がついた。それまでお姉さんと妹のような関係だったのが、今日目を離《はな》している間に、同じ目線の友達のような関係に変容していたのだ。

女性は男の知らないところで常に変わる生き物だと学友が話していたのを聞いた時は、なんとなく聞き流していたが、どうやらそのようである、と腕《うで》を組みながら一人納得する。

「耕介はどっち派ですか？」

いきなり話を振られ、あまりしっかり内容を聞いていなかったことに気づく。

「耕介は多数派だよねぇ」

板ばさみである。

「少数派ですよね」

考えたこともなかったので、頭をひねってみるが明確な答えが出てこない。

「さて、どっちだろうか」

「ああ、逃《に》げたぁ！　耕介、逃げる気かぁ！」

「ここはハッキリしましょう。そうでないと、将来のビジョンが見えないのです」

深く思考してみる。世の男性が大きい方がいいというのは本能的だろうが、それは子供ができた際の授乳に適した遺伝子を視覚的に判断してのことなのだろう。であれば論理的には大きい派なのだろうか？

「だいたいあすみはずるいです。そんな一般《いっぱん》受けする容姿をしているのだから、一般の人たちに供給するべきなんです」

「どこに供給するかはあたしの勝手ですぅ」

では小さいほうがよいという人たちが存在するのは何故なのだろう。そういえば母は決して大きいとは言えなかった。男性には大なり小なりマザーコンプレックスがある、という観点で考えれば自分は小さい派なのだろうか？

「あたしが咲耶ちゃんくらいの時には、その四倍はあったなぁ」

「四倍は言いすぎです。嘘《うそ》はいけません！」

「嘘じゃないよぅ」

「証拠《しょうこ》がありません！」

「証拠はここにあるじゃない」

「……うぐぅ」

あらゆる視点に立ち生理学的に思考と論理を積み重ねていったが、耕介個人の好みについては何も思いつかなかった。

自分は一般平均男性を絵に描いたようなものだと思っていたことが瓦解した。まさかこんな所で、論理的に行《い》き詰《づま》るなんて思ってもみなかった。

——いや、どこかにあるはずだ。自分の好みを確定させる要素と論理が。

しかし考えども、考えども、答えに導かれる理論が頭の中に湧《わ》くことはなく、この日はじめて耕介は論理的思考の敗北を知った。

家に帰り食事の用意が整ってもこの論争が終わることはなく、また耕介の悪あがきのような論理的思考もまだ諦《あきら》めてはいなかった。

終局の見えない戦いに、先に業《ごう》を煮《に》やしたのは咲耶のほうだった。

「あすみのばか！」

子供のけんかである。

「ばかって言う方がばかぁ！」

返すあすみも、あすみである。

「………ばかじゃ……ないですから」

「……ふふ、賢《かしこ》いというのは己《おのれ》のばかさをどれほど知っているか、ということなのだよぅ」

「じゃあ………ばかでもいいです」

「はい、ばかぁ！」

「ああ、ペテンにかけましたね！」

「引っかかるほうが、悪い！」

仲良くけんかをする二人を見つめながら、真っ白になった耕介の脳内にある思いが浮かぶ。

――こんな時がずっと続いたらいい。

それは耕介が本能的に思ったことであり、なぜそのように思ったのか論理的に追求しようという感情は湧いてこなかった。耕介には、強く強くそう思った気持ちに論理的補強は要《い》らないと判断できたからだ。

自分から見えるこの世界を守る。

己の意思をもう一度、刻むように反芻《はんすう》する。

「で、耕介はどっち派なんですか？」

「答えなかったら寝《ね》かさないからねぇ！」

固めた意志が少し揺らいだ。

《終わり》

あとがき

このたびは拙著をお手に取っていただき、まことにありがとうございます！

はじめまして、内堀優一です。

お気づきの方もいらっしゃるでしょうか？

実はこの作品、第3回ノベルジャパン大賞奨励賞を戴いた作品でございます。たしか応募当時は『作品名・オセロー著・金子兼子』だった気がします。

作品名もペンネームも、まとめてリフォームしております。遠まわしな比喩表現の題名も、匠の技でほらこの通り。なんということでしょう！　あれほど短かった題名がレーベル史上最長に！

しかし問題はペンネームにありました。

女だったのです……。

気がついたのは担当さんからお電話をいただいた後で、ホームページに出ているのを見てからでした。

う〜ん、なんでこんなペンネームにしたんだろう……？

たしか原稿があがって無駄にハイテンションだった憶えがあります。

原稿を確認しながら桂歌丸《かつらうたまる》師匠の落語を聞いていた憶えがあります。

落語の枕で「結婚して金子兼子になりました」というのを耳にして「これだっ！」と思った憶えがあります。

いったい何が「これだっ！」だったのでしょう？　今考えると疑問しか残りません。

まあ『夜だったから』という名状しがたい説得力も無きにしもあらずなのですが……。

その後、担当の大橋氏の発案で本名でいくことになりまして、「本名でやってる作家さんって結構いるんですか？」と私が聞いたところ、「いや……あまりいませんよ。ククッ」とクールに仰《おつしや》いました。ええ、実にクールでした。

さてさて、この作品を書くにあたって一番最初から決めていたことが一つあります。

無表情キャラを書くことです！

ライトノベルではありませんが自分が過去にいくつか執筆した作品にはどういうわけか、かなりの確率で無表情キャラが出没していたのです。

はたと気づきました。

自分は無表情キャラが思いのほか大好きなのではないか？……ということに。

宇宙人？　零号機の人？　メガネの魔法使い？

……誰のことを言っているのかサッパリわかりませんが、おそらく好きでしょう。

まあ、そうは言っても結果的には男キャラが無表情になってしまうという、まさかの展開に自分で書いておきながら、ままならないものだと実感しました。

たしか当時の構成ノートを見てみると、女の子が無表情の設定でした。時代は敗戦間もない頃の日本。舞台は焼け野原の東京。主人公は自分以外全滅した部隊の生き残り軍人……。

暗い！　なにこれ、圧倒的に暗い！

おもわず読んでいた構成ノートを投げ捨ててしまいました。

思い返せば当時もノートにアイデアを書きつけながら
「暗いよ！　俺はラブコメが書きたいんだ！　花火大会とか、夏休みに海へ行ったりとか、修学旅行で風呂覗きに行ったけど屋根から一人だけ滑り落ちて大騒ぎになるとか、フナ釣りにいくとか、そういうラブコメを書くんだ！」

と勢い込んでこの設定の中のおいしいとこだけを抽出して、今の物語を作っていった憶えがあります。

そんなこんなで、できあがった耕介と咲耶の物語ですが、このお話が皆様の日々におけるおもしろいものの一端に入り込めたのなら、これ程の幸いはありません。

ここからは謝辞を。担当の大橋様、中溝様。まさかのW担当という手に汗にぎる展開に、打ち合わせの時は原稿がふやけるほどに手汗をかきました。これからもよろしくお願いいたします。そして科学考証にご意見を下さった宇田川編集長ならびにそのお父様、悶絶この上ない素敵なイラストを担当して下さいました百円ライター様、ご意見示唆を下さった6人のTさん（なにこのT率……）K兄弟、さらには編集部のみなさま、多くの方のご尽力のおかげです。本当にありがとうございました。

そしてここまで読んで下さった皆様！

本当にありがとうございます！　感謝の気持ちを小踊りで表したいのですが、紙面ではどうすることもできない私をどうぞお許しください。

願わくはこの感謝の気持ちを、よりおもしろい作品をバリバリ書くという形でお返ししていければと思います。

それでは、またお会いできることを願って！

二〇一〇年二月吉日　内堀優一

かがまほ
発売
おめでとう
ございます!
百円ライター

◆ご意見、ご感想をお寄せください……ファンレターのあて先◆

〒151－0053　東京都渋谷区代々木2－15－8
(株)ホビージャパン　HJ文庫編集部
内堀優一 先生／百円ライター 先生

HJ文庫
232

笑わない科学者と時詠みの魔法使い

2010年4月1日　初版発行

著者――内堀優一

発行者―山口英生
発行所―株式会社ホビージャパン

〒151-0053
東京都渋谷区代々木2－15－8
電話　03(5304)7604（編集）
03(5304)9112（営業）

印刷所――大日本印刷株式会社

Printed in Japan

ISBN978-4-7986-0033-8　C0193